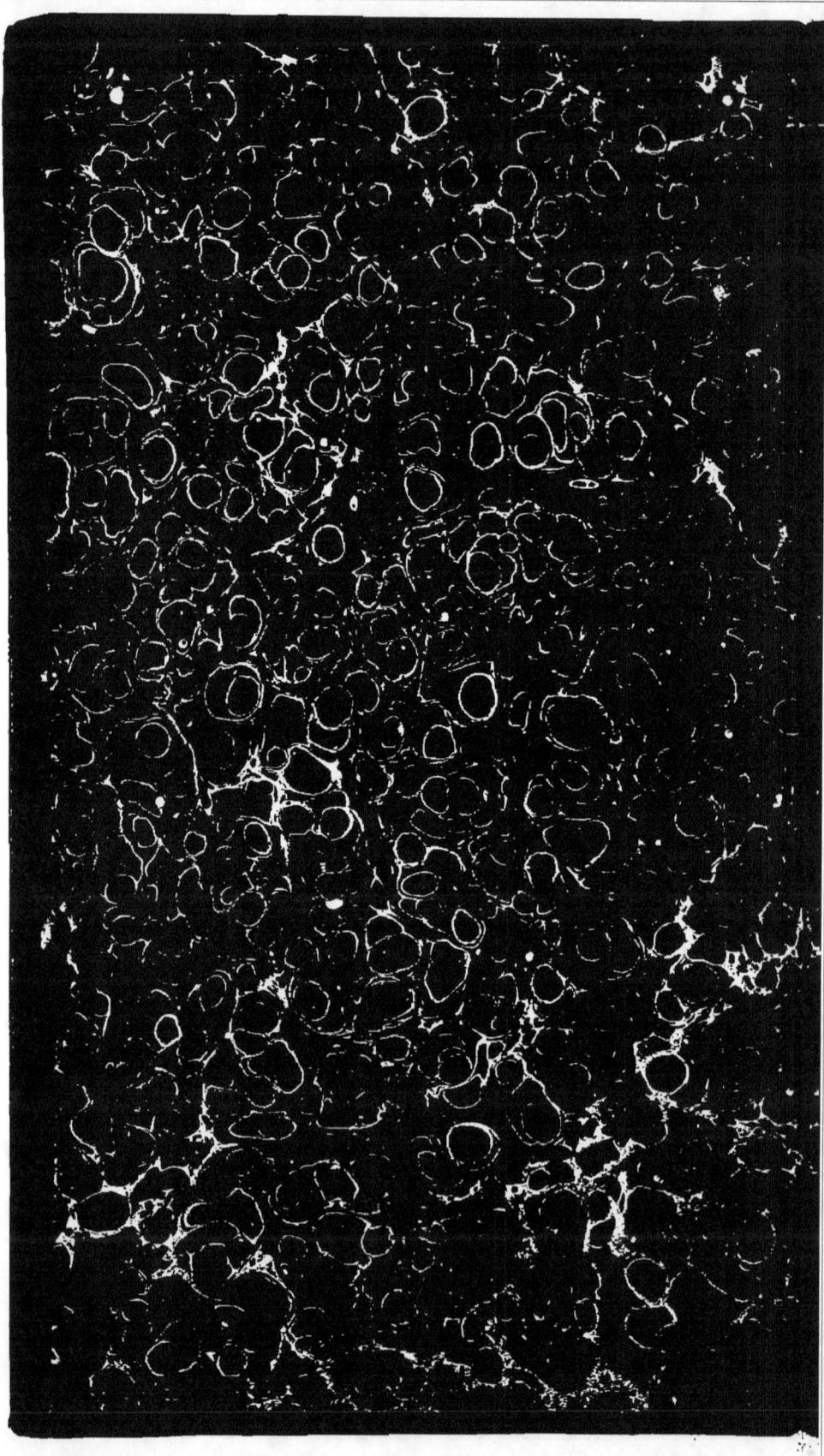

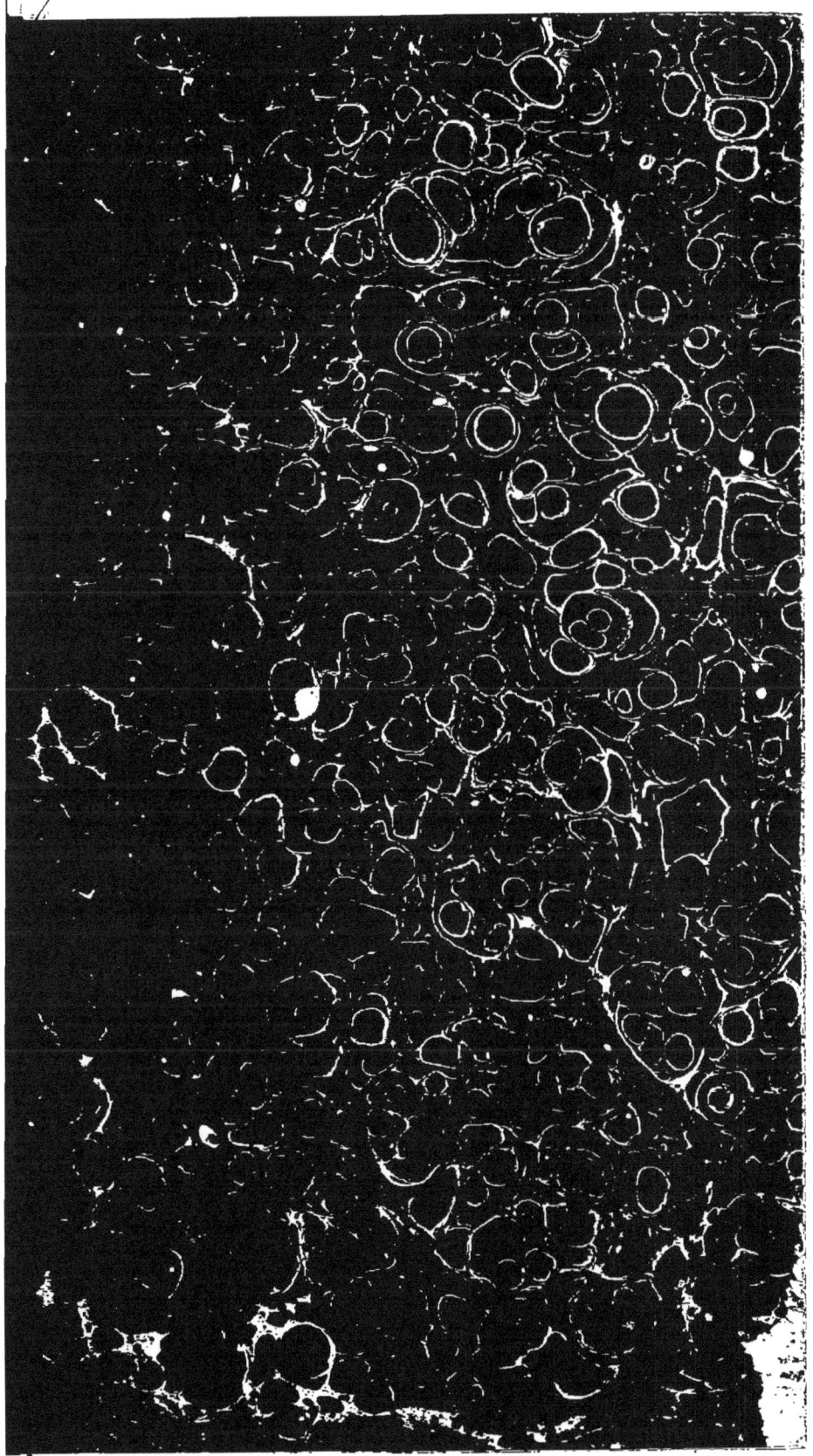

Y 2

L'HOMME
A DEUX TÊTES.

A HENRY , Imprimeur ,
rue Gît-le-Cœur, n. 8.

L'HOMME

A DEUX TÊTES,

OU

HISTOIRE

DE

FERNAND-CARLOS DE VARGAS.

———◦◦◦◦◦———

TROISIÈME PARTIE.

—

CHAPITRE PREMIER.

« Le paladin vit aussi, parmi tant de choses
» perdues, ce que nous croyons tous posséder
» cu si grande abondance, qu'à peine prions-
» nous quelquefois le ciel de nous l'accorder;
» hélas! c'est le bon sens. »

ARIOSTE.

Pendant que Fernand-Carlos cher-
chait à arranger sa vie, et à se mettre
en harmonie avec la nature autant

T. III.   I

que sa conformation monstrueuse le lui permettait , son cousin don Gusman ne prévoyait pas qu'il allait être obligé de faire aussi de son côté les arrangemens que nécessitait sa nouvelle fortune.

Les deux volontés de Fernand-Carlos étaient peut-être moins difficiles à mettre d'accord que la multitude d'idées extravagantes qui allaient naître dans la cervelle de ce jeune fou, dont au reste , nous connaissons les bonnes qualités.

L'infortune et les malheurs imprévus sont peut-être moins difficiles à supporter qu'une grande fortune subite. On meurt de joie plutôt que de chagrin. La nature, qui nous donne tant de force pour supporter les peines, montre en cela sa prévoyance , et nous apprend que les instans heureux ne sont pas ceux qu'elle nous accorde en plus grand nombre sur la terre.

Mais retournons à don Gusman, qui ne savait pas encore quel bonheur l'attendait. Il avait épuisé toutes ses ressources, et il croyait avoir perdu toute espérance après avoir découvert l'existence de son double cousin. Il était, comme nous l'avons vu, sur la route de San-Lucar de Barraméda, et se dirigeait vers le port où Manuel avait dit qu'il devait s'embarquer pour la Flandre. On a déjà deviné qu'il était amoureux d'Angéla : il le croyait lui-même ; mais une tête comme la sienne prenait pour de l'amour ce sentiment léger que fait naître la vue de toute femme aimable, et qui subsiste jusqu'à la première distraction. Il galoppait cependant à toute bride, espérant arriver à temps pour trouver sur le port le vieux Manuel et Angéla. Quel était son espoir? avait-il seulement réfléchi à son entreprise? Angéla était accompagnée de sa mère,

d'un parent et d'un ami respectables.
Il n'espérait pas la leur enlever. Il
avait sur lui quelques pièces d'or
pour payer son passage; mais, en
supposant qu'il voulût aller jusqu'en
Flandre, quelles étaient les ressources qu'il pouvait y trouver? Gusman
ne faisait point toutes ces réflexions.
Il courait vers l'objet de son désir,
s'en remettant au hasard du succès de
sa course.

A quel homme n'est-il pas arrivé
de suivre ainsi une femme qui éveille
son caprice, sans réfléchir, sans s'in-
former s'il y a l'ombre d'espoir pour
lui, si elle est libre, vertueuse, s'il a
le moindre des droits pour lui plaire,
s'il osera même jamais lui dire qu'elle
lui a plu. Combien de fois aussi, hon-
teux de soi-même, en se considérant
de sang froid, n'a-t-on pas intérieu-
rement rougi de la facilité avec laquelle on a cédé à une impulsion vague qui tient plus de l'instinct de la

brute que du sentiment qui doit diriger les actions de l'homme raisonnable.

Don Gusman arriva vers midi au port de San-Lucar, avec Fabrice et Québrantador, qui, moins bien montés que lui, avaient eu toutes les peines du monde à le suivre. Comme il y avait sur le port plusieurs auberges, don Gusman hésitait sur le choix. « Informe-toi sur-le-champ, dit-il à Fabrice, si les vents sont favorables, et s'il est sorti du port ce matin quelque vaisseau. Fabrice, au lieu de lui obéir, s'écria tout à coup : « Monsieur, Monsieur, le voilà!... — Qui, demanda don Gusman? — *Le petit cheval gris,* il vient de tourner par cette rue qui fait le coude, à gauche du canal. — Tu ne rêves que cheval gris. — C'est lui, mon cher maître, c'est lui, je vous en réponds. Je le reconnaîtrais maintenant entre mille, et don Manuel n'est pas loin. — A ces

mots, don Gusman tourna du côté
que lui indiquait Fabrice. Ce n'était
point une rue, mais un cul-de-sac
dans lequel il n'y avait pas une seule
auberge. Ils s'arrêtèrent tous les trois
fort surpris. Les maisons étaient de
peu d'apparence ; il n'y avait pas une
seule porte cochère ; on ne voyait
que deux ou trois allées et les bouti-
ques de quelques faiseurs de cordages
et de filets.

« Ton imagination t'a trompé, Fabrice, lui dit Gusman avec humeur.
—Non, Monsieur, je vous le jure,
répondit Fabrice. Mon ami, continua-t-il en s'adressant à un homme
qui travaillait sur sa porte, n'avez-
vous pas vu tout-à-l'heure ici un cavalier monté sur un petit cheval
gris?—Non, répondit l'homme ; que
viendrait-il y faire? Ceci ne mène
nulle part, et on n'y voit jamais de
voiture ou d'homme à cheval. Vous
en voyez pourtant trois en ce mo-

ment, dit à son tour Québrantador. »
Et , comme il parlait, il entendit
hennir un cheval ; la jument qu'il
montait répondit en tournant la tête
du côté d'où venait le bruit, et en
faisant des courbettes. — Oh , oh !
dit Québrantador, voilà ma jument
qui évente la mine; l'ennemi n'est
pas loin d'ici. — L'ennemi? répéta
l'homme qui avait répondu ! l'ennemi! » En même temps il se leva ,
jeta un certain cri, et en moins d'une
minute nos trois cavaliers se virent
entourés d'une vingtaine d'hommes ,
enlevés de dessus leurs chevaux avant
d'avoir seulement pensé à se défendre, et transportés dans une salle
basse dont la porte fut aussitôt fermée
sur eux.

On ne peut se peindre leur surprise. — A la malheure , ai-je parlé
d'ennemis, dit Québrantador en rompant le silence le premier. — Pourquoi
ai-je vu , dit Fabrice, ce maudit pe-

tit sorcier de cheval gris, qui est cheval comme je suis âne. — Par ma foi,
dit en éclatant de rire don Gusman ,
voilà une véritable aventure où je ne
m'y connais pas. Au fait, puisque je
m'avise de faire le chevalier errant ,
je dois m'attendre à toutes les chances du métier. Me voilà enlevé par
des enchanteurs avec Fabrice , mon
digne écuyer, et l'illustre chevalier
Québrantador, qui m'accompagne.—
Comment, Monsieur, vous riez dans
la position où nous nous trouvons? reprit Fabrice d'un air tout consterné.—
Veux-tu que je pleure, nigaud? Que
peut-il nous arriver ici de bien fâ-
cheux ? — Demandez plutôt ce qui
peut nous y arriver de bon? Des
gens qui ont un signal , qui enlèvent
les voyageurs... Mais aussi, devais-je
suivre ce maudit petit cheval gris?
Votre Manuel Bordognès est un sorcier , un hérétique, un magicien, et,
comme je vous l'ai déjà dit, son che-

val est le diable. — Si cela est, dit Québrantador, je ne le crains pas. Avec un bon acte de foi et un signe de croix, je le renverrai dans la Mer-Rouge, lui et tous les sorciers ses confrères; et, s'ils ne sont que des hommes, fussen-ils vingt contre moi, avec cette épée qui a tué quarante luthériens à Mulberg, un soldat de Charles-Quint ne reculera pas d'une semelle. — Et où est-elle cette épée, lui demanda Fabrice? » Le soldat, surpris, vit qu'il n'en avait plus à son côté que le fourreau. — Les enchanteurs savent leur métier, dit avec gaieté don Gusman, et ils prennent leurs précautions.

Au bout de quelques momens, un rideau qui était au fond de la chambre se souleva, et découvrit une grille derrière laquelle était un homme vêtu à la manière des Flamands, qui semblait examiner très-attentivement nos trois prisonniers.

Oh ! oh ! dit Gusman , voilà sans doute l'enchanteur Friton , ou Freston, dont parle l'admirable don Quichotte de la Manche : c'est à ce chevalier que conviendrait une aventure comme la mienne. Pour moi , je n'en suis pas digne. S'approchant alors de la grille, il dit à l'homme qu'il voyait de l'autre côté : Seigneur enchanteur, faites-moi le plaisir de me dire si vous êtes le chef d'une bande de voleurs , et s'il faut vous payer rançon pour sortir d'ici ; ou si vous êtes un familier de la très-respectable et très-redoutable Inquisition, ou le geolier de quelque prison d'État. L'incertitude m'est plus pénible que tout ce que vous pourriez m'apprendre. Dans le premier cas, tout l'argent que j'ai sur moi est à votre service : dans l'un des deux autres, ma conscience ne me reproche rien. Ainsi parlez , et sur-tout rendez-moi ma liberté. — Je ne suis rien de tout ce que vous pensez , répondit l'homme mystérieux ; mais permettez-moi, seigneur, de vous interroger à mon tour, et de vous demander qui vous êtes. — Un étourdi, répondit don Gusman. — Un étourdi, soit , reprit l'homme ; mais aussi un archer espagnol suivi de deux alguasils , et notre ennemi , comme vous l'avez dit imprudemment tout haut ; ce qui vous a fait saisir et emporter par nos gens. — Il y a ici du quiproquo , mon cher monsieur , dit alors Gusman. Je n'ai point d'ennemi; j'agis franchement, et je ne fais point un mystère de mes recherches. Je suis à la piste du seigneur Manuel Bordognès qui doit s'embarquer sur un vaisseau flamand, et.... — C'est précisément cela , dit l'homme de la grille. Je ne sais à quoi attribuer votre franchise ; car vous devez penser qu'elle nous engagera certainement à protéger le départ de Manuel, et à ne vous laisser aller que sous bonne caution , pour être sûrs que vous ne découvrirez à personne cette retraite. — Quoi ! s'écria don Gusman, Manuel est ici, sans doute avec Angéla ? Au nom du ciel, mon cher monsieur, faites-moi le plaisir de lui dire que don Gusman de Vargas désire lui parler sur-le-champ. — Ce nom ne m'est point inconnu, dit le questionneur : je l'ai entendu prononcer au seigneur Manuel. Au reste, comme il peut vous voir ici sans se compromettre, je vais le faire venir. Aussitôt il s'éloigna et revint au bout de quelques minutes avec Manuel qui, d'un air assez moqueur, dit à don Gusman : Eh quoi, seigneur, vous en ces lieux ! Vous avez donc pour moi une bien grande amitié, puisque vous courez ainsi sur mes traces. Que désirez-vous de mon ministère ? il ne peut plus vous être utile. D'ailleurs, j'abandonne le barreau : il ne fait pas bon plaider dans une affaire où don Salvador a quelqu'intérêt. J'ai des ressources en Flandre ; j'y reprendrai peut-être les armes que j'avais déposées : *Toga cedat armis* ! Je crois que la raison des arquebuses et l'éloquence des canons ont plus de force dans ce siècle , que la justice et le bon droit. Eh bien ! nous parlerons le même langage que les autres , et l'*ultima ratio Regum* ne restera pas sans réponse de la part des peuples. Ici Manuel respira , et don Gusman qui était décidé à tout prendre gaiement , lui dit : Quel flux de paroles , mon cher avocat ! songez qu'elles ne seront pas payées. Mais dites-moi pourquoi vous nous avez abandonnés si brusquement? — Parce que, répondit Manuel , il ne fait pas bon dans la compagnie des fous et des enthousiastes. J'ai reconnu dans Salvador un ennemi puissant et dangereux. Je suis sûr qu'au moment où je vous parle , il n'est déjà plus au pouvoir de l'homme à deux têtes , votre

cher cousin et mon neveu, à qui Dieu
fasse paix; mais que j'aimerais autant
voir dans une autre famille que dans
la mienne! Quelle sûreté voulez-vous
qu'il y ait pour moi près d'un hommé
qui sera en contradiction toute sa vie
avec les lois sociales, comme il l'est
avec les lois de la nature? Il s'avise
d'être amoureux! Angéla, fille d'un
homme qui m'a sauvé la vie, m'intéresse comme si elle était ma propre
enfant. Je ne puis la laisser entre ce
monstre physique et un monstre moral comme Salvador; je l'emmène
avec moi. Le vaisseau du capitaine
Selder met à la voile aujourd'hui:
recevez mes adieux; on vous ouvrira
la porte quand nous serons en pleine
mer. — Mais, seigneur Manuel, dit
alors don Gusman plus sérieusement,
si l'aimable Angéla avait inspiré de
l'amour à un cavalier digne, par sa
naissance, par ses qualités personnelles, de lui être agréable..., —

Mon cavalier, dit Manuel, Angéla n'a point de fortune. Votre naissance et vos qualités personnelles peuvent faire de vous un homme fort aimable dans le monde, et fort peu convenable pour un mari. De plus, le voisinage de San-Lucar est trop dangereux pour elle.... Écoutez... N'entends-je pas un coup de canon ?.... Oui, c'est l'avis du départ. Je vous quitte : au troisième coup de canon, on lèvera l'ancre, et dix minutes après vous serez libre ; je vous en donne ma parole d'honneur. — Mais Angéla.... — Eh ! seigneur don Gusman, à peine l'avez-vous vue. — Faut-il tant de temps pour voir qu'elle est charmante ? — Il y a tant de femmes charmantes à Séville ! Dans deux jours.... que dis-je ? dans deux heures, vous n'y penserez plus, sur-tout si l'hôtesse de votre auberge est jolie.

— Mon cher Manuel, dit Gusman d'un ton suppliant, laissez-moi partir avec vous pour la Flandre. Vous savez combien les nouvelles idées de réformation me semblent belles et justes; combien je me suis souvent enflammé pour la cause de la tolérance et de la liberté des consciences; combien je désapprouve les rigueurs tyranniques de Philippe, et comme j'approuve, au contraire, la noble résistance des Flamands, et l'appui généreux que leur prêtent plusieurs seigneurs espagnols! Laissez - moi prendre parti sous les drapeaux de vos frères persécutés! — Oui, répondit Manuel, pour être près de nos sœurs fugitives! J'entends le second coup de canon. Jeune homme, vous me remercierez plus tard de ce qui vous contrarie en ce moment. Retournez à Séville; vingt beautés vous y attendent, et vous consoleront de notre séparation. Adieu.

Manuel disparut. Peu de temps après, le troisième coup de canon se

fit entendre, et dix minutes ne s'é-
taient point écoulées, que l'homme,
qui s'était montré derrière la grille,
entra dans la salle d'un air fort poli,
salua obligeamment don Gusman, et
lui annonça qu'il était libre.

— Manuel de Melsem, dit-il à don
Gusman, nous a répondu de vous; et,
d'après cela, je m'en remets à votre
discrétion du silence que vous garde-
rez sur votre entrée dans cette maison. — J'avoue, lui dit Gusman, que
cet enlèvement et le mystère qui règne ici, ont excité ma curiosité; mais,
si je dois ignorer qui vous êtes, je ne
serai point assez indiscret pour vous
faire des questions.

— Vous l'avez déjà deviné, dit cet
homme dont l'accent avait quelque
chose d'étranger. Je suis Flamand et
protestant. Je suis ici pour consoler
nos frères et pour propager la lumière. — Quoi, lui dit don Gusman,
vous ne tremblez pas, dans un pays

I

comme celui-ci, que la moindre in-
discrétion ne vous livre au saint-
office? — Je crains Dieu, et je remplis sa loi. Si ses ennemis m'attei-
gnent, je ceindrai mon front de la
couronne du martyre. — Ah! s'écria
don Gusman, êtes-vous de ces enthousiastes qui reprochent l'intolé-
rance aux catholiques, et qui ne
l'exercent pas plus qu'eux? — Jeune
homme, dit le protestant, nous sommes dans la voie droite, et eux dans
le chemin de perdition. Suivez-nous,
si vous voulez être sauvé. — Bon, reprit don Gusman, êtes-vous aussi
convertisseur et missionnaire? — Je
suis, dit le protestant, heureux d'a-
voir été éclairé : je cherche à éclairer
les autres; mais je n'emploie pas la
violence. J'ai le bonheur d'avoir
adopté les sentimens de Waldric
Zwingle. J'ai, à la vérité, pour ennemis les *pâtissiers;* mais j'ai pour moi
les *condormans,* les *larmoyans,* les

neutraux , les *invisibles* et les *démo-niaques* (1). Je suis, à peu de chose près, du même sentiment que *Carlos-tade* et *Bérenger* ; en un mot, je suis JEAN OECOLAMPADE. — Oh ! oh ! dit don Gusman surpris, et le regardant attentivement. Quoique vous n'ayez pas l'air jeune, il m'est impossible de vous donner cent ans, et, si vous étiez véritablement Jean OEcolampade , vous auriez plus que cela, à moins que vous ne soyez pas mort, comme chacun l'a cru, en 1531. — Vous parlez de mon père, répondit le protestant ; il mourut, en effet, cette année-là ; et *Martin Luther,* qui était son enne-mi, comme il l'était de tous ceux qui n'étaient pas de son parti, ne manqua pas de publier que le démon l'avait étranglé ; mais mon père mourut

(1) Toutes ces sectes et beaucoup d'autres , ont véritablement existé. *Voyez* le Diction-naire de MORÉRI , article *Hérétiques.*

tranquillement dans son lit, entre les
bras de ma mère et de trois enfans
dont j'étais l'aîné. Élevé par mon
père, lui-même, dans sa doctrine,
je la professe, et je vais vous en expliquer les dogmes. Il toussa, cracha,
tira un mouchoir, prit une attitude
gracieuse; et, ayant humecté légèrement ses lèvres, il allait développer,
sans doute, dans un long discours,
toutes les subtilités absurdes au moyen
desquelles les sectaires parviendraient
à discréditer la morale évangélique
elle-même : lorsque don Gusman,
qui n'était pas du tout d'avis d'entendre son sermon fanatique, l'arrêta
tout court, et lui dit : — Je ne suis
ni *communiquant,* ni *condormant,* ni
larmoyant : j'avoue que tous ces titres
de sectes me semblent très-plaisans;
et que vous me paraissez tous des
fous, qui revêtez la sagesse d'habits
de mascarade. Luther était un intri-
gant, et Zwingle un maniaque,

comme sont tous ceux qui font les
prophètes : et vous, mon cher monsieur, je ne vous blâme pas de penser
comme votre père ; mais je vous engage à laisser le monde penser tranquillement comme il veut. Il faut
bien peu comprendre la grandeur de
la divinité, pour la croire capable de
s'abaisser à toutes vos niaiseries scho-
lastiques. — Jeune homme, jeune
homme, répondit OEcolampade,
vous jugez légèrement, comme tous
les enfans du siècle, et vous fermez
les yeux de peur de voir la lumière ;
mais, puisque la providence vous a
conduit dans cette maison, n'en sortez pas que vous n'ayez assisté à une
conférence qui va précisément avoir
lieu ici, ce matin, pour la recherche
de la vérité et la discussion sur sa
voie, entre plusieurs docteurs de dif-
férentes sectes. Il est possible que
l'esprit saint ait fait naître cette occa-
sion pour votre bonheur et pour vo-

tre salut éternel. — Ma foi, se dit
don Gusman, je ne suis plus aussi
pressé , puisque Manuel et la charmante Angéla voguent maintenant
vers la Flandre. Qui sait si , dans ces
neutraux et parmi ces *communiquans*,
je ne trouverai pas quelque personnage obligeant, par le moyen duquel
je me rapprocherai de Manuel? Quand
il eut fait ces réflexions, il dit au docteur
OEcolampade qu'il serait charmé de
l'entendre discuter, et qu'il ne dou-
tait pas qu'il ne foudroyât ses adversaires. — Mais, ajouta-t-il, je doute
que vous me convertissiez. Je suis un
peu philosophe. J'ai été gâté par la
lecture des auteurs de la fin du siècle
dernier et du commencement de celui-ci, Michel de Montaigne, Charron,
Rabelais et Clément Marot..... — Fi
donc, répondit le docteur, vous lisez
ces auteurs français qui écrivent des
fariboles impies! au lieu de lire les
bons ouvrages de nos saints doctri-

naires! *l'Illumination angélique, la Sé-
rénade mystique, la Vendange aposto-
lique.* Voilà des ouvrages aussi ins-
tructifs et aussi spirituels que redoutables pour nos adversaires. Voilà,
jeune homme, ce qu'il faut lire, pour
vous former le cœur et l'esprit.

On frappa en dehors très faiblement, le docteur répondit en frap-
pant trois coups dans ses mains : alors
la porte s'ouvrit, et plusieurs personnages, dont les figures étaient assez
grotesques, entrèrent deux à deux,
d'un air recueilli, et s'assirent en silence autour de la chambre, non sans
regarder, avec étonnement, les trois
étrangers. De leur côté, Fabrice et
Québrantador étaient presque en stu-
péfaction de ce qu'ils voyaient et en-
tendaient.

Pendant que les nouveaux venus se
parlaient bas les uns aux autres, et
formaient divers groupes, Québrantador prit Fabrice à part, et lui dit,

avec un sérieux admirable: mon col-
lègue, y comprenez-vous un mot?
et ne pensez-vous pas comme moi,
que nous sommes dans une maison de fous? J'avoue, lui dit Fabrice,
qu'excepté les *pâtissiers* que ce Monsieur dit être ses ennemis, je ne connais le reste ni en bien ni en mal.
S'il y a nécessité d'être d'une secte,
celle des *pâtissiers* doit être la meilleure de toutes, et je voudrais que
mon maître s'y attachât, plutôt qu'à
celle des *démoniaques*, dont le nom
seul me fait frémir. —Vous avez bien
de la mémoire, lui répondit Québrantador, d'avoir retenu ces noms. Pour
moi, je suis humilié d'avoir été pris
au piége comme un jeune renard,
tandis que je suis un vieux loup. Il me
prend des démangeaisons de tomber
à bras raccourcis sur le docteur *Coco-
lampade*, et sur tous ces blafards à
grands chapeaux : mais un soldat de
Charles-Quint, n'attaque jamais que

des ennemis en état de lui répondre,
et la moustache de ceux-ci n'a jamais
essuyé le feu d'un mousquet.

Le docteur OEcolampade frappa
de nouveau dans ses mains, et tous les
assistans se levèrent. « Vénérables
» docteurs, dit-il en saluant l'assem-
» blée, votre réunion de ce jour peut
» être d'autant plus intéressante, que
» voici trois néophites qui flottent in-
» certains entre les diverses routes
» que vous tracez si savamment à tra-
» vers le chaos des opinions religieu-
» ses. Nous différons tous dans nos
» sentimens, et chacune de nos sectes
» est ennemie des autres : mais ces
» malheureux chrétiens ne sont d'au-
» cune, et j'aimerais mieux qu'ils fus-
» sent dans celle qui est la plus op-
» posée à la mienne, que de les voir
» rester dans leur indifférence. Je ne
» crains pas de le dire, vénérables
» docteurs, j'approuve ces anciens
» qui voulaient qu'un homme prît un

» parti dans les discordes civiles, et
» qui regardaient comme un lâche,
» ou comme un citoyen dangereux,
» celui qui demeurait tranquille spec-
» tateur du combat. Oui, vénérables
» docteurs, l'indifférence est coupa-
» ble en matière de religion, comme
» en matière politique. Il faut dispu-
» ter, puisque le prophète a dit : *Mun-*
» *dum tradidit disputanionibus eorum!*
» *Il a livré le monde à leurs disputes.*
» Disputons donc, et gloire à celui
» qui entraînera dans son parti, l'un
» ou l'autre de ces trois philosophes,
» qu'un heureux hasard, ou plutôt la
» main de la providence a jetés au mi-
» lieu de nous, pour les tirer de la lé-
» thargie morale dont leur indifférence
» les a frappés. Et vous, enfans éga-
» rés, *Apprehendite disciplinam ne*
» *quando irascatur Dominus!* » (Psalm.
II, v. 12.)

   Amen, dit Québrantador. Qu'est-
ce que cela veut dire, mon révérend?
car je n'entends pas l'hébreu.

« Instruisez-vous, de crainte que le
» Seigneur ne se mette en colère, ré-
» pondit le docteur. » Sans doute, reprit Fabrice, qui se rappela quelques mots de ce qu'il avait appris au
collége pour son jeune maître : et ce
n'est point de l'hébreu, continua-t-il,
mais du bel et bon latin, et je me
trompe fort si je n'ai pas vu cette
phrase là dans Cicéron ou dans Sénèque. — Vous vous trompez grossière-
ment, répondit OEcolampade ; nous
n'avons pas l'habitude de citer des philosophes payens, comme l'étaient ces
deux Romains.—Un moment, seigneur
docteur, dit alors don Gusman qui
avait trouvé fort plaisant de voir Fabrice et Québrantador transformés en
ergoteurs, et qui n'était pas fâché
d'embarrasser un peu les docteurs.
Pour Cicéron, je vous l'abandonne :
mais où avez-vous vu que Sénèque
fut Romain ? je prends la défense de
mon compatriote ; Sénèque était bon

Espagnol, il était de Cordoue. —Est-
il vrai, dit le docteur? tant mieux
pour lui ; mais il a été heureux que, de
son temps, il n'y eût pas encore d'inquisition. — Et pourquoi? reprit don
Gusman : Ne savez-vous pas que Sénèque était chrétien, et même qu'il
eut un commerce de lettres avec saint
Paul(1)?—En vérité? s'écria le docteur,
je ne savais pas cela! —Et que savez-
vous donc ? répondit don Gusman !
moi qui ne suis nullement docteur,
faut-il que je vous apprenne l'histoire?
—Jeune homme, interrompit un des
docteurs, croyez-vous que nous nous
inquiétions beaucoup des futiles connaissances dont vous vous énorgueil-
lissez? Qu'importe que votre Sénèque,
que je ne connais point du tout, ait
été espagnol et chrétien : il n'était pas

---

(1) On sait que les lettres imprimées sous
leur nom sont une fraude pieuse. Elles ne
sont dignes ni du saint ni du philosophe.

communiquant, dès-lors il est damné.
— Damné ! s'écria Québrantador ;
comme je ne veux pas l'être, dites-
moi vite ce qu'il faut pour être *com-*
muniquant, et je suis des vôtres. — Il
faut croire, mon frère, dit avec un
sourire lubrique, le docteur, il faut
croire, dis-je, que Dieu a permis la
communauté des femmes. — Oui,
chez les Turcs, dit Québrantador, et
voilà pourquoi ils sont tous damnés :
mais pour faire son salut, il est bien
plus sûr de ne pas en avoir du tout.
— Vous avez raison, frère, dit en se
levant un homme pâle qui avait les
yeux tout rouges et qui tenait à sa
main un grand mouchoir : soyez des
nôtres, priez Dieu en pleurant et en
criant! gémissez, hurlez! poussez des
soupirs, grincez des dents... Et il se
mit à faire ce qu'il conseillait, au
point que chacun se boucha les oreilles. Ses larmes coulèrent en abondance, ses cris redoublèrent. Le

monde, dit-il en sanglottant, est une vallée de larmes; pleurez dans ce monde, mes frères, pour être heureux dans l'autre. « *Dominus exaudiet* » *me cum clamavero ad eum.* » Le Sei- » gneur m'exaucera quand je lui » adresserai mes cris!(1)» Il en poussa de si forts qu'il fut prêt à suffoquer. — Quel est celui-là? demanda Québrantador. — Il est de la secte des *larmoyans*, lui répondit un homme qui se cachait la figure sous un grand chapeau. Ne l'écoutez pas, et soyez de celle des *effrontés.* Regardez-moi. Il souleva son chapeau, et montra au soldat son front tout déchiré et tout sanglant. —A quelle bataille, demanda le soldat, avez-vous reçu cette blessure? — Je ne me suis jamais battu, répondit l'homme au grand chapeau. Puis tirant de sa poche un espèce de grattoir, il le fit voir à Québrantador

---

(1) Ps. 14 , v. 4.

en lui disant : je me racle le front avec cela jusqu'au sang. Il y en a qui se croyent bons chrétiens, parce qu'ils font quelques bonnes œuvres, comme des charités ou des prières : mais il n'y a pas tant de choses à faire. Prenez ma racloire, grattez-vous le front cinq minutes, faites-vous une écorchure raisonnable, de la grandeur d'un *maravedis*, et vous êtes un vrai chrétien !

— Aucun ne vaudra les *nu-pieds*, reprit un autre en montrant qu'il n'avait pas de souliers. C'est nous qui marchons dans la véritable voie du Seigneur, et qui imitons les Apôtres. — Parbleu, dit Fabrice en riant, les cordonniers ne seront pas de votre avis. — Tout le monde sera du mien, dit gaiement un homme gros et gras à face rubiconde. Les *Olliers* font bonne chère, et se régalent tour à tour, pensant que c'est honorer Dieu que d'user des biens qu'il nous a donnés sur la terre.

— Ah! je suis de cette secte-là,
s'écria Fabrice. — Moi aussi, dit Québrantador : vive les *olliers*, et allons
dîner avec eux (1). OEcolampade, s'a-
dressant à don Gusman, lui dit :
« Et vous, Seigneur, vous gardez le
silence. — Oui, dit Gusman; mais,
si vous désirez savoir ce que je pense
de toutes les folies que vous venez dé
me débiter, et au moyen desquelles
vous prétendez honorer la divinité;
je vous répondrai d'abord que je ne
suis pas ce que vous appelez un philosophe, un déiste, ni un sectateur de
la loi naturelle. Je ne me suis point
occupé d'approfondir l'origine des diverses religions; je vis dans celle où
je suis né, et je pense que les hommes
ont assez à faire de s'occuper à bien
vivre, sans se tourmenter la tête de
questions creuses et vides de sens.
Chacun de nous a, sur la terre, un
état à remplir pour payer sa dette à

_____

(1) Toutes ces folies sont historiques.

la société. Il a besoin, pour ses de-
voirs, d'une grande partie de son
temps, et la portion qu'il emploierait
à honorer Dieu véritablement, il la
perd à chercher de quelle manière il
faudrait l'honorer. N'appelez donc
pas indifférence en matière de religion,
la raison qui me fait considérer comme
futiles vos vaines pratiques et vos minutieuses superstitions. Je n'approuve
pas ceux qui emploient pour vous
convertir les tortures et les flammes ;
mais je n'approuve pas non plus les
rêveurs qui, sous prétexte de ré-
forme, allument la guerre dans nos
provinces, et s'ils ne versent pas eux-
mêmes le sang humain, le font verser
par leurs sectateurs enthousiastes. J'ai
dit, je me retire. Je vous promets le
secret sur votre conciliabule, et j'y
engage ma foi de chrétien et ma parole de gentilhomme; mais je vous
conseille, dans votre propre intérêt,
d'agir dorénavant avec plus de pru-

dence que vous ne l'avez fait avec moi ; car vous vous exposeriez aux cruelles vengeances du Saint-Office. »

» Non, répondit froidement OEco- lampade. Si vous n'étiez pas l'ami de Manuel, vous ne sortiriez pas ainsi de nos mains ; voyez ce qui nous répon- drait de votre discrétion. » Une trappe s'ouvrit presque sous les pieds de don Gusman, et il vit au fond d'une lon- gue voûte les eaux écumantes de la mer : il tressaillit ; la trappe se referma : OEcolampade le prit par la main, et le conduisit lui-même à la porte. Dès qu'elle fut ouverte, Fabrice se jeta dehors avec précipitation ; mais Qué- brantador, laissant passer don Gus- man, le suivit en jetant derrière lui un regard digne du soldat de Char- les-Quint.

CHAPITRE II.

Faut-il qu'un vil mortel ose venger Dieu même,
　　Que les foudres lui soient remis ,
　　Et qu'il prononce l'anathême
　　Sur ceux qu'il croit ses ennemis ?
　　　　　LEFRANC DE POMPIGNAN.

Carlos dormait profondément, et
Fernand gravissait un chemin tor-
tueux et escarpé qui conduisait au
haut d'une montagne couverte d'un
bois épais ; tout entier à ses réflexions
misantropiques, il se demandait quel
être était plus malheureux que lui.
Répudié pour ainsi dire de la société,
exilé de son sein , par l'impossibilité
où il se trouvait de suivre les lois
communes, il calculait en imagination
les chances de sa vie à venir, et les
moyens d'en remplir le vide et l'isolement. Il fut distrait de ses pen-

sées par quelques gémissemens qu'il
entendit auprès de lui. Tournant ses
pas du côté d'où ils provenaient, il
vit un homme assis sur un quartier de
rocher, la tête baissée sur sa poitrine,
et les mains jointes, cet homme sou-
pirait et gémissait. Qui êtes-vous, lui
demanda Fernand? d'où naissent vos
chagrins, peut-on les adoucir? —
Qui êtes-vous vous-même? demanda
l'homme d'une voix lugubre. Craignez de communiquer avec moi, de
m'adresser la parole, de toucher mes
vêtemens, ou vous partagerez ma funeste proscription. — Quoi! lui dit
Fernand, seriez-vous un proscrit, un
exilé? Quelle cause vous a fait chercher un asile dans ce désert? — Je
n'ose le dire; vous me fuirez! — Seriez-vous donc un criminel, un assas-
sin? — Je suis un *excommunié*....
Quoi! vous restez près de moi, vous
vous rapprochez, vous me tendez la
main..... Êtes-vous un ministre du

Seigneur , venez-vous me réconcilier
avec l'église ?..... Je tombe à vos
pieds ! — Relevez - vous donc. Un
homme aux genoux d'un autre ! —
Expiez-moi, je vous en conjure. Des
terreurs affreuses assaillent mon âme !
Sont-ce des illusions, des vertiges ,
ou d'horribles réalités ? Mais je les
vois pourtant , ces spectres vêtus en
moines, ces fantômes recouverts d'habits sacerdotaux ; ils me poursuivent,
m'entourent, me frappent de leurs
disciplines sanglantes. Leurs voix sour-
des prononcent *anathéme* ! *anathéme* ! Je veux fuir , je vois autour de
moi des précipices entourés de flammes. Ce ne sont point les erreurs du
sommeil , ses douceurs se refusent à
mes yeux. Je promène la nuit mes
pénibles veilles; et je me dérobe, pendant le jour, aux regards des hommes
qui m'ont proscrit ! Fernand, au comble de la surprise , regardait en fré-

missant , cet homme dont il avait
peine à comprendre les terreurs.

—Pouvez-vous, dit-il , à l'homme
désolé , m'expliquer ces paroles : *Je
suis excommunié.*—C'est-à-dire , répondit l'autre , que je suis séparé, re-
jeté de la communion des fidèles, ex-
clu de leur assemblée dans ce monde
et dans l'autre. Mes biens ont été se-
questrés , mes serviteurs m'ont refusé
les besoins de la vie ; ma famille a fui
à mon approche comme à celle d'un
pestiféré. Des alimens vils m'ont été
présentés de loin, dans des vases grossiers , et mes restes ont été jetés aux
animaux immondes : mon épouse
s'est arrachée à mes embrassemens,
mes amis ont détourné leurs regards
avec horreur , bientôt j'ai été seul
dans ma demeure jadis brillante et
splendide. Une terreur secrète m'a
saisi ; le bruit de mes pas dans les ga-
leries désertes, retentissait doublé par

les échos; il me semblait être celui des vengeurs invisibles qui suivaient ma trace. J'ai fui dans ces lieux escarpés sans pouvoir fuir mes terreurs : Ah ! dites-moi qui vous êtes, et si vous pouvez mettre un terme à mes peines !

Je suis, dit Fernand, un homme dont le malheur surpasse le vôtre; vos tourmens sont les enfans chimériques de votre imagination, les miens naissent d'une cause dépendante de ma nature. Je me suis séparé de cette société que vous regrettez. Je vis loin du monde; et me suis, pour ainsi dire, excommunié moi-même. Vous pouvez voir cesser votre proscription ; je dois traîner la mienne avec mon existence entière. Les hommes sont vos ennemis, Dieu est le mien, puisqu'il ma jeté sur la terre pour être en horreur à mes semblables, ou plutôt puisque je n'ai pas de semblables.

L'excommunié l'écoutait à son tour

avec étonnement. Expliquez - moi
cette énigme, dit - il, à Fernand:
celui-ci le pria de lui raconter d'abord
son histoire, en lui promettant un
échange de confidences.

Voyez en moi, dit l'excommunié,
en levant la tête d'un air fier, don
Pedro, Lopès, Christoval, d'Armesilla,
y *Manduros;* y *Contarellos.* Je ne vous
dirai pas tous mes titres, tous les lieux
dont je suis seigneur, combien j'ai
de possessions, de droits, de rede-
vances, de dîmes, comme souverain, haut-justicier, Grand d'Espagne
de première classe ; j'aurais trop de
peine à vous détailler ma noble gé-
néalogie. Sachez seulement que je des-
cends des anciens rois de Léon, en
ligne mâle directe, et que ma mère
était une princesse du sang royal
de Murcie. Un homme comme moi
devait - il s'attendre à une humiliation pareille à celle que j'éprouve
aujourd'hui !

La noblesse, la fortune, quelques avantages personnels se réunissaient pour faire de moi l'homme du monde le plus heureux. Mon cœur avait long-temps été libre, je vis la jeune et intéressante Séraphine de Roxas, et j'en devins éperduement amoureux. Séraphine, de son côté, ne fut pas insensible à ma passion. Elle était ma parente; mais une partie de la famille de ma mère, ayant long-temps habité la Murcie, je ne l'avais connue que dans un voyage que sa mère avait fait dans l'Andalousie, et dans lequel elle avait amené Séraphine avec elle. Dona Diana de Roxas, c'était sa mère, était une femme très dévote, très-rigide, et qui surveillait sa fille avec tant de sévérité, que malgré notre parenté elle me recevait avec froideur, et même avec une espèce de répugnance. La femme d'un ami intime de notre famille, accoucha sur ces entrefaites, et

2 *

Séraphine fut priée d'être marraine de
l'enfant : sa mère lui permit d'accepter. Je fus choisi pour parrain, et cette
circonstance me donna un accès plus
facile auprès de la belle Séraphine
qui me devint plus chère de jour en
jour; je la demandai en mariage à sa
mère, croyant que mon nom, mes
grands biens et mon amour devaient
faire agréer ma recherche. Quelle fut
ma surprise, lorsque j'appris que j'a-
vais un rival dans la personne de don
Alonzo de Pedrosa, neveu de l'archevêque de Cadix ; c'était un homme
riche, d'une grande naissance, mais
que la nature avait disgracié, et quand
je n'aurais pas été sûr de la tendresse
de Séraphine, un pareil rival ne m'eût
donné aucune inquiétude. Il était
pourtant à craindre, dona Diana le
protégeait. Il lui avait été présenté
par le père Raymond son directeur,
qui avait tout pouvoir sur son esprit,
et elle se faisait du reste un grand

honneur de s'allier à l'archevêque. Je
ne vous dirai pas toutes les contrariétés, tous les tourmens que nous
éprouvâmes, ils ne firent que donner
des forces à notre amour. Cependant
don Alonzo pressait son union avec
Séraphine, l'archevêque avait daigné
faire voir qu'il s'y intéressait vivement;
le père Raymond le servait de toute
son influence sur sa pénitente, et la
pauvre Séraphine allait être sacri-
fiée, lorsqu'une maladie grave frappa sa mère qui mourut en peu de
jours. Séraphine fut très-sensible à
cette perte, malgré les mauvais traite-
mens dont sa mère l'avait accablée;
sa douleur et la décence convenable,
empêchèrent don Alonzo de continuer
ses poursuites, mais il ne les interrompit que pour les reprendre aussitôt
qu'il le croirait convenable.

Séraphine était libre, elle n'avait
d'appui et de protecteur que moi, je
la décidai à m'épouser secrètement;

en sorte que, quand don Alonzo crut
pouvoir se présenter de nouveau, il
apprit qu'il avait perdu tout espoir.
Cet homme était méchant et vindica-
tif, sa fureur fut au comble, il jura
de se venger; il me dénonça à l'officialité, comme ayant épousé ma parente
à un degré défendu, sans avoir pris
de dispenses; et, de plus, il rappela
que Séraphine avait tenu un enfant
avec moi, et que l'Eglise interdisait le
mariage entre personnes qui avaient
été ensemble parrains et marraines.

Je ne me doutais pas de l'orage qui
allait fondre sur moi, et je menais
dans mon château une vie tranquille
et heureuse avec une femme que j'a-
dorais et qui allait bientôt mettre le
comble à ma félicité en me rendant
père. Je reçus l'ordre de me transporter à l'officialité pour y répondre aux
accusations portées contre moi. Je
m'y rendis sans deviner de quoi il s'a-
gissait : mais je me troublai quand je

vis le père Raymond se porter mon accusateur, et que je fus condamné tout d'une voix à rompre des nœuds illicites, sous peine d'excommunication. Mon indignation fut d'autant plus grande que je devinai d'où partait le coup. Je ne ménageai rien, et je répondis avec hauteur que la mort seule pourrait me séparer de ma femme.

Je rentrai chez moi, et, bouillant de colère, je contai à Séraphine ce qui venait de m'arriver. Je crus qu'elle allait partager mes transports: mais je la vis pâlir, baisser les yeux et se troubler.— Quoi! lui dis-je, Séraphine, ces vaines menaces feraient-elles quelqu'impression sur ton âme, pourraient-elles altérer ton amour, l'amour que tu dois à ton époux! Elle garda un triste silence. Je la pressai, je la suppliai de me répondre.— Mon ami, dit-elle, je n'ai pu me défendre d'un moment de terreur. Vois le père

Raymond, demande lui les moyens de prévenir ce coup fatal. Soumets-toi avec résignation à tous les sacrifices qu'il exigera de toi, pour que notre union ne soit pas brisée par les foudres de l'Eglise. Séraphine, élevée par sa mère, n'avait pu déraciner les préjugés dont on avait entouré sa jeunesse et son inexpérience.

Je vis qu'elle était frappée, et bientôt je pus me convaincre que l'on entretenait ses craintes par des avis secrets. Je m'aperçus que ma présence l'intimidait, qu'elle m'écoutait et me répondait avec embarras, que mes caresses l'épouvantaient comme si elles n'eussent pas été légitimes.

Bientôt je reçus le monitoire lancé contre moi. Il me fut apporté dans mon château par un inquisiteur escorté de plusieurs prêtres, au moment où, par une réunion aimable et brillante, je cherchais à distraire Séraphine des lugubres pensées qui là tourmentaient.

Nous étions dans un sallon magnifiquement illuminé, où la musique et la danse allaient succéder à un repas splendide, lorsque la porte s'ouvrit brusquement, et que l'inquisiteur parut suivi de son cortége; il s'arrêta sur le seuil de la porte, et d'une voix tonnante, avec un regard fulminant, il s'écria : « Selon le pouvoir qui nous » a été donné de lier dans le ciel ce » que nous avons lié sur la terre, nous » excommunions et *aggravons* le maî- » tre de ce logis, et le séparons de la » société des fidèles et même de celle » des hommes auxquels nous défen- » dons de communiquer avec lui. Le » feu et l'eau dont il se sera servi se- » ront maudits et lui-même est mau- » dit. »

A ces mots il se retira, le tumulte et l'effroi régnèrent dans la salle. La plus profonde obscurité succéda à la

clarté brillante qu'y répandaient vingt
bougies. Le bruit s'évanouit peu à peu,
et je me trouvai seul au milieu de la
nuit et du silence. Je fis un retour sur
moi-même. Cette scène affreuse m'a-
vait frappé de terreur et de trouble.
Je résolus d'appaiser ma conscience,
de me confesser et d'obtenir mon pardon. A cet effet, je me rendis, dès le
lendemain, à l'église, quel spectacle
m'y attendait! Je frissonne encore
quand j'y songe.

Tout y était tendu de noir, l'autel,
les tableaux, les statues des saints
étaient voilés, quelques cierges allu-
més jetaient seuls une lumière tremblante sur les objets. Plusieurs cercueils vides étaient çà et là sur le pavé
du temple, des prêtres psalmodiaient
à voix basse et d'un ton lugubre. J'a-
vançais d'un pas timide, je regardais
avec une surprise mêlée d'horreur,
cette triste et noire cérémonie : et je
me hasardai à demander à un homme

qui était à genoux derrière un pilier, ce que tout cela signifiait. C'est, me dit-il, l'EXCOMMUNICATION DE DON PEDRO D'ARMESILLA. Mes yeux se troublèrent, je ne vis plus qu'à travers un voile; tout-à-coup les prêtres jettent les cierges à terre, les éteignent en prononçant des imprécations, les foulent aux pieds, et renversent les cercueils ; j'entends par trois fois le mot ANATHÈME ! Un prêtre jette un grand cri qui se perd dans un silence effrayant. La lampe de la voûte éclairait encore le lieu saint. Les prêtres disparaissent sous les draperies noires. Je me trouve seul. Des voix lugubres qui sortent d'un caveau chantent sourdement ces terribles paroles : *Dies iræ dies illa* !... Je m'évanouis et je tombe de mon haut sur le pavé de l'église.

En achevant ces mots, l'excommunié se jette à terre, s'y roule avec désespoir, puis, se levant brusquement,

il s'écrie : « Voilà les premiers rayons
du jour ; je ne puis les voir, ils blessent
mes yeux. Adieu, vous qui avez daigné me parler, vous qui n'avez pas fui
à mon approche : demain, à minuit,
je viendrai sur le rocher.... mais vous
n'y serez pas ! vous aurez peur de l'excommunié. N'importe, j'y reviendrai. »
Il s'enfuit, et disparut à travers un
épais taillis.

Vouloir peindre les sentimens divers
qui agitaient le cœur de Fernand, ce
serait vouloir compter les vagues qui
se pressent, se heurtent, s'élèvent et
se brisent en écumant, sur le sable de
la mer pendant une tourmente. Il
restait immobile, les yeux fixés sur le
rocher où il avait vu l'excommunié,
quand Carlos s'éveilla, et que sa voix
douce dit à Fernand : « Bon jour, mon
frère. — Tu t'éveilles content et pai-
sible, lui dit Fernand : mais pendant
que tu sommeillais, j'apprenais encore
à haïr les hommes. — Mon frère, tu

as voulu te séparer de moi autant que
la nature l'a permis; quel bien t'en
résultera-t-il? Tu ne m'auras plus pour
réprimer ton caractère fougueux. Le
destin, qui nous avait rendus inséparables, voulait peut-être nous rendre
utiles l'un à l'autre. Fernand ne répondit pas ; il resta plongé dans ses
réflexions, il fut triste toute la journée. Vers son heure ordinaire, c'est-à-
dire, à six heures du soir, il s'endormit.
La soirée était calme et douce : Carlos
eut envie de faire une promenade ; il
jeta le capuchon sur la tête de son
frère, et porta ses pas dans la campa-
gne, avec le dessein de connaître les
environs de leur nouvelle habitation.
Le son lointain d'une cloche frappa
son oreille, et par un mouvement ma-
chinal, il se dirigea de ce côté.

Lorsqu'il eut marché une demi-
heure, un bâtiment gothique, situé
sur le penchant d'une colline, s'offrit
à ses yeux. Ce bâtiment consistait en

un corps-de-logis carré, dont le bas
était occupé par un cloître ; à gauche,
s'élevait une église ; sur la droite étaient
des bâtimens irréguliers ; le tout était
entouré d'un bois de citronniers et
d'orangers, et clos de murs, et de plusieurs grilles qui étaient fermées, mais
à travers desquelles on voyait plusieurs
personnes se promener dans le jardin, au milieu duquel était le cloître.

Carlos s'approcha d'une des grilles.
Aux derniers rayons du jour, il vit
errer dans les bosquets, de longues
figures blanches, couvertes de robes
flottantes et de voiles légers qui se
jouaient dans la verdure, et dont les
reflets du soleil couchant teignaient les
bords en festons de pourpre. C'étaient
des femmes qui toutes avaient un air
mélancolique. Plusieurs d'elles voyant
quelqu'un auprès de la grille, lui jet-
taient en passant un regard triste et
fugitif. D'autres s'arrêtaient, semblaient
le regarder avec étonnement, puis

s'éloignaient avec l'expression de l'indifférence et de l'apathie. Au milieu
de ces espèces d'ombres, Carlos en
remarquait une d'une taille noble et
élevée ; mais dont la figure portait vi-
siblement les traces d'un chagrin profond. Elle semblait immobile : son œil
fixe paraissait ne rien voir ; ont l'eût
prise pour une statue, sans le sourire
amer qui agitait ses lèvres d'une manière presque convulsive : les autres
disparurent; elle fit quelques pas vers
la grille, s'arrêta, porta la main à
son front, et poussa un grand soupir.

Carlos, comme cloué à sa place par
une puissance irrésistible, ne pouvait
détourner ses yeux de dessus cette figure, et sentait battre son cœur avec
une force extraordinaire.

On chercherait en vain à nier l'existence des pressentimens. Il y a dans
la nature quelque chose qui est au-
dessus de notre intelligence, et qui
confond notre raison : c'est une es-

pèce d'instinct qui nous fait avancer vers un objet, qui nous éloigne d'un autre, et qui nous fait prévoir un danger, sans nous donner la force de l'éviter.

La femme blanche fit quelques pas encore, s'arrêta de nouveau, et, regardant Carlos d'un œil étonné, dit d'une voix profondément mélancolique : Qui êtes-vous? que demandez vous ici? Une fille, une épouse, une mère? Il n'y a rien de tout cela dans ces tristes lieux : aucune de nous ne tient plus à l'existence par le moindre des liens de la nature. Nous sommes séparées des vivans et des heureux, par la barrière du désespoir.... Elle se tut, laissa tomber sa tête sur sa poitrine, et, après quelques instans de silence, elle dit à demi-voix : J'ai pourtant cru que j'étais mère. Oui.... c'était du temps que je vivais encore. Quand cette idée se présente à moi, mon sein palpite, mon cœur se dilate.... Oui.... j'ai été mère ! je ne le suis plus.... j'ai bien souffert.... J'ai compté tous les printemps depuis ce temps-là ; car c'était au commencement du printemps que j'ai cru.... que j'ai rêvé que j'étais mère! Si j'avais eu un fils, il serait.... oui, il serait beau comme vous, triste comme vous; car je vois des larmes dans vos yeux. Vous avez pitié de moi! Écoutez, continua-t-elle en s'approchant de la grille et parlant à voix basse : Rendez-moi la vie, vous le pouvez. Vous avez l'air bon, sensible : allez à Séville ; demandez, cherchez l'enfant de Maria....

De Maria !... s'écria Carlos! Dieu ! c'est son nom !

En ce moment, une cloche se fit entendre. Un gardien, qui faisait la ronde dans le jardin, enleva la folle dans ses bras, et disparut avec elle.

Mon frère ! mon frère ! criait Carlos.... Fernand s'éveille en sursaut— Que veux-tu ? qu'as-tu ? dit-il à Car-

los. —Elle est ici ! mon cœur me l'assure ! — Qui ? demanda vivement
Ferdinand : Qui est ici ?.... Angéla ?
— Non , non , elle est retrouvée ! elle
nous demande du secours. — Qui
donc ? — Notre mère !

CHAPITRE III.

Un vieillard vénérable avait, loin de la cour,
Cherché la douce paix dans cet obscur séjour.
Aux humains inconnu, libre d'inquiétude,
C'est là que de lui-même il faisait son étude.

VOLTAIRE, Henriade.

Il arrive souvent que, frappé d'une émotion rapide ou d'une sensation trop passagère, on n'en conserve après un certain temps, que des traces incertaines. On doute même si l'objet que l'on a vu était réel ou enfanté par l'imagination. Telle fut la situation de Carlos, quand Fernand lui demanda ce que signifiaient ces mots : *elle est ici, elle nous demande du secours !... notre mère !...*

Un long silence avait suivi ces exclamations : Fernand l'interrompit, en disant à son frère : Rappelle tes sens. Qu'as-tu vu ? qu'as-tu entendu ?

Quelqu'illusion ne t'a-t-elle point abu-
sé? — J'entends encore cette voix
douce et mélancolique, répondit Carlos. *Allez à Séville*, a-t-elle dit : *demandez, cherchez l'enfant de Maria*!
— Il faut savoir, reprit Fernand,
quelle est cette maison, et quelles
personnes y sont renfermées. Nous
pourrons alors former des conjectures
plus certaines.

L'ombre descendait obliquement
sur la terre ; elle se prolongeait en
vacillant, et s'étendit enfin comme
un crêpe funèbre qui confond toutes
les nuances. Fernand-Carlos descendit la colline, en se livrant à mille
pensées vagues. Fernand songeait au
rendez-vous que lui avait donné l'excommunié : mais la nouvelle idée qui
venait de naître en lui, le dominait,
et il se laissait machinalement conduire par Carlos qui, de son côté,
étant très-préoccupé, marcha une
partie de la nuit sans songer à la route
qu'il tenait.

Le clair de lune avait succédé au crépuscule, et la transition d'un jour sombre à une nuit doucement éclairée, avait été imperceptible.

Tout à coup un bruit épouvantable frappe les oreilles de Fernand-Carlos qui s'arrête, et qui sort subitement de sa double rêverie. Les deux frères s'aperçoivent qu'ils sont dans un lieu sauvage et escarpé, sans aucun chemin frayé, tout couvert de rochers et de tristes buyères. Un torrent écumeux tombait avec fracas du haut d'un rocher, emplissait une espèce de bassin naturel, et disparaissait sous terre, sans laisser de traces de son cours.

Où sommes-nous ? s'écria Carlos ! Nous nous sommes égarés, répondit Fernand : comment retrouver notre chemin pour sortir de cette affreuse solitude ?

Hélas ! mon frère, s'écrie douloureusement Carlos. Nous avons mar-

ché plusieurs heures, emportés par le
torrent dé nos réflexions, et nous
voici dans un endroit dont l'aspect
sauvage me glace d'une terreur involontaire. Quel guide nous remettra
dans notre route ? Je ne vois de tous
côtés que rochers et précipices.
— Calme - toi, dit Fernand, d'où
naissent tes craintes ? Quand nous
serions éloignés de quelques lieues
de notre demeure ; aussitôt que le
soleil se levera, il nous indiquera de
quel côté nous devons diriger notre
marche. La mer est au sud de notre
habitation ; il ne sera donc pas difficile de nous orienter. — La peur ne
réfléchit pas, reprit Carlos, et je me
suis trouvé subitement saisi de ce sentiment. Les diverses émotions que j'ai
éprouvées aujourd'hui, ont affaibli
mon âme, et je ne sais quel pressen-
timent vague me fait appréhender
quelque malheur. Aujourd'hui, précisément, nous n'avons point d'ar-

mes. — Au même moment, une sorte
de détonnation,comme celle d'un fusil,
se fit entendre , et fut répétée par les
échos sonores des voûtes de tous les
rochers. — Qu'est-ce que cela , continua Carlos ? — Le bruit du fusil de
quelque chasseur, répondit Fernand.
Comme il disait ces mots, un bruit
confus de voix s'éleva subitement. Il
semblait d'abord qu'elles vinssent de
dessus leurs têtes , ils levèrent les
yeux , et ne virent rien que des
nuages qui passaient rapidement,
couvraient et découvraient dans leur
course le disque argenté de la lune,
et promenaient leurs formes blan-
châtres et leurs découpures bigarées
sur le fond d'azur d'un ciel serein.
Tout à coup les voix qui avaient sem-
blé s'éloigner, se rapprochèrent, et
Fernand-Carlos put se croire entouré
de vingt personnes qui lui parlaient
haut aux oreilles; il ne vit cependant absolument rien, et son étonne-

ment redoubla, lorsqu'il entendit à
ses pieds des éclats de rire très-bruyans,
et qu'il ne distingua aucune créature
près de lui ; le silence se rétablit, et
l'on n'entendit plus que le bruit de la
cascade bouillonnante qui écumait en
tombant sur les rochers. Fernand,
aussi surpris que Carlos, l'engagea
vivement à s'éloigner. Ils sortirent de
l'enceinte des rochers, et n'eurent pas
fait vingt pas, que le bruit affreux du
torrent cessa tout à coup. Ils se re-
tournèrent, et ne virent pas le moindre vestige de la chute d'eau. Ces phénomènes agirent vivement sur leur
imagination. Quelques-uns des récits
superstitieux d'Enrique et de Flora,
leur revinrent à la mémoire. — Où
sommes-nous, mon frère, demanda
Carlos ? Ne serait-ce point ici la demeure de ces démons et de ces follets
dont Flora nous a quelquefois entre-
tenus aux longues veillées d'hiver,
lorsqu'elle nous racontait les tradi-

tions du château de Vargas, tout en tournant son fuseau. — Tu sais bien, répondit Fernand, ce qu'il faut en penser ; on ne doit ajouter aucune croyance à ces contes ridicules et à ces récits populaires. — Il est vrai, répondit Carlos. Pourquoi donc la nature m'inspire-t-elle ces craintes et cette crédulité ? — Pourquoi, reprit Fernand, ne cherches-tu pas à les combattre ? — Je n'en suis pas maître, mon frère : pas plus que tu ne l'es de repouser les violentes émotions de ton caractère irascible, et l'impétuosité de tes premiers mouvemens. — Explique-moi donc tes pensées, et dis-moi quelles sont tes craintes. — Je ne puis me les expliquer à moi-même, pas plus que le sentiment qui me porte à des méditations religieuses, tandis que tu te refuses aux pieux exercices de la religion que Jacinthe nous a enseignée. — Elle est bonne pour des femmes et des enfans,

—Aimes-tu mieux le culte froid et sévère de ces nouveaux réformateurs dont nous avons lu les écrits dogmatiques, et qui, d'après quelques mots échappés à Jacinthe, et ensuite à Manuel, ont été cause des malheurs de nos parens ? — Quand j'adopterais leurs croyances, dit vivement Fernand, oublie-tu que cette religion est celle de notre mère? — Oui, se dit tout bas Carlos, mais l'autre est celle d'Angéla !

Tu frémirais, continua Fernand, si tu avais entendu, comme moi, le récit de l'excommunié. — Ne frémis-tu pas, répondit Carlos, en songeant aux horreurs de Munster et aux massacres exécutés par les sectes diverses des réformateurs ? — Ils renversent la digue que le fanatisme leur oppose. — Ils sont armés eux-mêmes par un autre fanatisme. — Leur culte simplifie les rapports de l'homme avec la Divinité.—Ce ne sont que des novateurs, et le culte le plus ancien me semble le plus respectable.

Si vous pensez ainsi, dit soudain une voix grave qu'ils entendirent près d'eux, je vous enseignerai le culte à la fois le plus simple et le plus antique.

Fernand-Carlos se retourne et aperçoit un vieillard appuyé sur un quartier de roche. Les deux frères, comme ils le faisaient en pareil cas, rejettent le capuchon sur leur tête, et s'avancent vers le vieillard.—Vous m'écoutiez, lui dit Fernand?—Oui, répond le vieillard : votre frère et vous, êtes dans une égale erreur.—Vous savez.... Qui vous êtes, continua le vieillard : rejetez ce capuchon, laissez moi voir vos traits que la lune éclairera suffisamment. Fernand, Carlos, ne vous étonnez pas que des opinions diverses déchirent le sein d'un même état, d'une même ville, d'une même famille, puisque, dans un même corps, dans une seule âme partagée entre deux frères

3 *

indivisibles, il se trouve des semences de discorde. Le plus heureux hasard vous a conduits dans cette solitude, vous y avez trouvé un protecteur, un ami, le seul homme peut-être qui pût préparer le bonheur du reste de votre singulière existence. — Qui êtes-vous donc, dirent à la fois les deux frères? — Ce mystère, leur répondit le vieillard, ne peut vous être dévoilé aussi subitement. Qu'il vous suffise de savoir que je prends à vous un grand intérêt, que j'ai plus d'une fois veillé sur vous en secret : mais venez voir mon habitation, vous y trouverez un abri pour cette nuit, et vous pourrez reprendre des forces pour suivre demain la route de votre maison.

Le vieillard leur tendit une main que saisit celle de Carlos, et le jeune homme ne sentit pas sans émotion que la main du vieillard tremblait dans la sienne et la serrait avec une espèce d'affection.

Puisque vous habitez ce lieu, lui
dit Fernand, nous expliquerez-vous
les phénomènes qui nous y ont frappés? Demeurez-vous seul ici, ou les
voix que nous avons entendues, sont-
elles celles de vos compagnons?

Je demeure seul ici, reprit le vieillard; je pourrai vous donner l'explication de plusieurs choses qui semblent surnaturelles. Ne me croyez
cependant pas en rapport avec les esprits malfaisans, ni avec les habitans
d'un autre monde, ajouta-t-il en souriant.—Je n'y crois pas, dit Fernand.
—Prenez garde à vos paroles, dit le
vieillard. Ne vantez pas votre incrédulité avant qu'elle n'ait été mise à
l'épreuve. Si je voulais faire parade
de mon pouvoir, je pourrais vous
étonner; ne fût-ce qu'en ordonnant à
cette cascade qui a suspendu son cours,
de se répandre sur le rocher avec autant d'impétuosité qu'elle le faisait il
y a quelques instans. Il étendit la main,

et l'onde obéissante se précipita dans le bassin avec un fracas épouvantable.

Les deux frères étonnés regardèrent en silence ce singulier vieillard, et le suivirent jusqu'à l'entrée d'une grotte naturelle formée par la voûte d'un rocher. A peine Fernand-Carlos eût-il mis le pied dans la grotte, qu'il n'en aperçut plus l'ouverture, quoiqu'il ne l'eût pas vue refermer. Deux lampes qui parurent s'allumer d'elles-mêmes, brillèrent tout à coup, et éclairèrent l'intérieur de la grotte qui était singulièrement meublée; quelques siéges grossiers, une table de bois chargée de livres et de papiers, en composaient l'ameublement. Les murs étaient couverts de figures tracées avec du charbon, ou avec un instrument tranchant; ces figures annonçaient que celui qui les avait tracées, s'occupait de mathématiques, de géométrie et d'astronomie, sciences peu connues alors, et que le vulgaire

ignorant confondait assez volontiers
avec la magie. Un squelette parfaitement disséqué, était debout dans un
enfoncement de la grotte, plusieurs
animaux sauvages et singuliers étaient
rangés auprès de lui dans diverses
positions. Fernand-Carlos, et beaucoup d'autres ignoraient alors qu'on
eût l'art de les empailler; aussi ne
pouvait-ils attribuer qu'à un charme
leur immobilité complète. Un télescope, invention tout-à-fait nouvelle, fixa
aussi leurs regards surpris, ainsi que
divers instrumens dont l'usage leur
était totalement inconnu; leur étonnement et leur curiosité étaient au
comble.

Mes enfans, dit le vieillard, je com-
prends facilement la surprise que vous
devez éprouver. Je ne puis encore la
faire cesser; je l'augmenterais au contraire si je voulais vous dévoiler toute
ma science, et vous raconter toutes
les particularités de votre existence

qui sont connues de moi. Sachez
seulement que votre nouvelle retraite
vous dérobe seule à votre ennemi,
à don Salvador , et que cette nuit
même il devait s'assurer de votre
personne et vous faire jeter dans un
cachot, pour venger l'injure que vous
lui avez faite. Rendez donc grâce au
bonheur qui vous a éloignés de votre
château où vous étiez loin d'être en
sûreté. Cependant je veillais sur vous,
et j'aurais peut-être eu assez de pouvoir pour vous soustraire au danger
qui vous menaçait; mais il vaut mieux
que vous agissiez avec prudence, et
que vous restiez cachés pendant
quelques jours.

~~~~~~

CHAPITRE IIV.

La terre, nuit et jour à sa marche fidèle,
Emporte Galilée et son juge avec elle.

RACINE le fils. *La Religion.*

Pourquoi la vérité trouve-t-elle tant d'obstacles sur sa route ? Pourquoi les découvertes utiles, les sciences qui peuvent éclairer les hommes, rencontrent-t'elles tant d'ennemis dans les puissans de la terre ? c'est que l'ignorance et la superstition sont les chaînes dont il leur est le plus facile de lier les hommes; c'est que tout pouvoir injuste redoute que ses esclaves ne trouvent des forces pour recouvrer leur liberté. Telles étaient les réflexions de Juan Perès lorsqu'il cachait dans un lieu écarté les études qu'il faisait dans les sciences naturelles. C'était cet honnête médecin qui avait rencontré notre Fernand-Carlos, et qui lui avait donné asile dans un lieu où il n'était pas permis aux profanes de pénétrer.

Juan Perès, en étudiant la médecine, avait senti s'éveiller en lui une louable curiosité, qui s'était augmentée à mesure que ses études l'avaient conduit plus avant dans la connaissance des secrets de la nature. Il avait fait, dans ses voyages, la rencontre de Zacharie Jasen, de Middelbourg en Zélande, qui venait de faire la découverte du microscope et du télescope, inventions qui devaient produire une si grande révolution dans les sciences physiques, sur-tout dans l'astronomie, et qui allait reculer bien loin les bornes que la faiblesse de nos organes avait mises entre nous et les merveilles des cieux.

C'est à cette invention que bientôt Galilée allait devoir la découverte du mouvement de la terre, et mériter les rigueurs fanatiques de l'inquisition qui voulait, à toute force, que notre planète fut stationnaire, et qui aurait désiré d'arrêter sa marche comme celle de l'esprit humain dont les progrès la faisaient trembler pour sa puissance. Juan Perès, qui connaissait bien l'esprit de son siècle, et particulièrement celui des moines, se serait bien gardé de divulguer ce qu'il savait. De moins habiles que lui avaient été brûlés comme magiciens ou sorciers. Il avait donc placé son laboratoire dans un lieu écarté, dont l'accès était défendu par la nature, et que quelques phénomènes rendaient intéressant pour un observateur.

Plusieurs échos habitaient les grottes de cette vallée profonde, et répétaient un grand nombre de fois le même son, sur des tons différens. Quand les nuages étaient nombreux et amoncelés au dessus de cette es-

pèce de cône renversé, les voix semblaient venir du ciel (1). C'était ce
phénomène qui avait surpris Fernand-
Carlos, et qui lui avait fait croire qu'il
était entouré d'êtres vivans. Le ruis-
seau, qui tombait du haut du rocher,
s'arrêtait et reparaissait, à des heures
fixes, deux fois dans la journée (1) : et
Juan, qui connaissait cette particula-
rité, en avait profité pour persuader
à Fernand-Carlos que son ordre avait
fait couler les flots obéissans, comme

---

(1) Recherches d'un savant. t. 2. p. 416.

(2) On connait plusieurs fontaines semblables. Celle de Buxton, dans le comté
de Derby, coule seulement tous les quarts
d'heure. La fontaine de Frougauches, dio-
cèse de Nisme, coule et s'arrête régulière-
ment deux fois en vingt-quatre heures, Il
y a beaucoup de fontaines intermittentes.
(*Voyez* le *Dictionnaire des Merveilles de
la Nature.*) Telles sont celle de Haute-
combe en Savòie, et celles des environs de
Paderborn, etc.

jadis la verge de Moïse avait fait jaillir une source du sein du rocher d'Horeb, pour appaiser la soif et les murmures du peuple hébreu.

Celui de qui l'on aurait cru que Juan Perès devait le plus se cacher, était don Salvador que son pouvoir rendait si redoutable : mais sa superstition et ses terreurs involontaires l'avaient tellement soumis à l'influence de son médecin, que cet honnête homme savait en profiter pour arrêter, autant qu'il le pouvait, les funestes effets des passions haineuses et cruelles du moine.

Fernand-Carlos se reposa dans la grotte le reste de la nuit. Quand il se réveilla, ses yeux cherchèrent son hôte ; mais la plus parfaite solitude régnait autour de lui. Il se lève, il cherche une issue ; aucune porte ne se présente à ses regards ; le peu de jour, qui éclairait la caverne, semblait venir de quelques fentes de ro-

cher. Au bout de quelques minutes,
la vue de Fernand-Carlos, plus habi-
tuée à l'obscurité du lieu, lui permit
de distinguer quelques objets. Il reconnut ceux qu'il avait remarqués la
veille : le squelette, les animaux immobiles, les instrumens de physique.
Sur une table, il aperçut quelques
fruits, un vase d'eau et du pain blanc.
Cette précaution le surprit autant que
l'absence du vieillard. — Sommes-nous
prisonniers? dit Fernand qui, le premier, rompit le silence : avons-nous
donné dans un piége? et ce vieillard
serait-il un émissaire de Salvador?
Carlos, qui partageait ses craintes,
n'osait cependant en convenir, et s'ef-
forçait de rassurer son frère. — Tu es
toujours impatient, lui disait-il. A
peine avons-nous les yeux ouverts,
et déjà tu t'inquiètes de l'absence de
notre hôte. La grotte est fermée ; mais
c'est sans doute pour notre sûreté. Le
léger repas qu'il nous a laissé annonce

qu'il ne peut tarder à revenir : pré-
nons-le en attendant : Fernand se
laissa persuader. Cependant plusieurs
heures s'écoulèrent, et personne ne
paraissait encore. L'inquiétude de Fernand et de Carlos redoubla. Ils se mi-
rent à examiner scrupuleusement le
lieu où ils se trouvaient, pour voir
s'ils ne découvriraient pas quelqu'issue cachée. Fernand prit une pince
de fer qu'il vit sur une table, et frappa
sur les parois, pour juger, par le son,
s'il y en avait de creuses. Rien ne lui
fit soupçonner qu'il y eût d'ouverture.
Dans son impatience , il frappait à
coups redoublés, lorsqu'un cri plain-
tif lui fit croire qu'il avait blessé quelqu'un. — Nous ne sommes pas seuls,
s'écria-t-il. Il s'arrête et écoute. Le
plus profond silence règne autour
d'eux. Au bout de quelques minutes,
un soupir vient frapper leurs oreilles.
— Y a-t-il quelqu'un ici , demanda
Fernand ? — Oui, répondit une voix

sourde. — Paraissez donc, continua
Fernand. — Me voici, reprit la voix.
A ces mots, le squelette, qui était appuyé contre le mur, sembla s'avancer
vers Fernand-Carlos, qui, dans sa
surprise, recula de quelques pas. Mais
bientôt le mystère s'expliqua. Le squelette avait tourné avec la porte sur laquelle il était appliqué, et qu'il servait
à déguiser. Derrière lui, parut un personnage que Fernand reconnut pour
Salvador.

L'homme à deux têtes recule; mais
Salvador, sans paraître le voir, marche d'un pas lent et mesuré, les yeux
fixes et ternes, les traits immobiles :
il parle d'une voix creuse et entrecoupée, ses phrases sont incohéren-
tes. « Que ce jour est sombre, dit-il.
» Les objets semblent couverts d'un
» voile funèbre. Des flammes scin-
» tillent dans cette obscurité. Dona
» Maria, donnez-moi votre main.....
« Vous la retirez avec effroi; tou-

» jours le même dédain, toujours le
» même courroux : mais que vois-je!
» non, ce n'est pas vous, c'est An-
» géla qui me repousse..... Et entre
» vous deux est ce fantôme bizarre,
» cet enfant monstrueux, cet homme
» à deux têtes que j'ai vu... mais non,
» je ne l'ai point vu. C'était un rêve,
» un spectre enfanté par mon imagi-
» nation en délire..... Ah! c'est vous
» frère Ansaldi. Vous venez m'an-
» noncer que le tribunal est prêt,
» qu'on m'attend pour juger... al-
» lons, allons, condamnons ces hé-
» rétiques... que les bourreaux s'ap-
» prêtent : que les bûchers s'allu-
» ment !..... Mais quoi, toujours du
» sang, toujours des flammes ! ces
» victimes sanglantes m'entourent,
» elles me montrent au doigt, elles
» grincent des dents, un sourire fé-
» roce est sur leurs lèvres décolo-
» rées..... Un sourire ! c'est celui des
» furies.... Retirez-vous! fuyez sup-

» pòts de Satan !..... Ils restent, ils
» fixent sur moi leurs orbites éteints!
» des flammes sortent maintenant de
» leurs yeux cavés...... où fuir, où me
» dérober à leur fureur !..... » Salvador tomba sur la terre et y resta sans
mouvement.

Fernand-Carlos, étrangement surpris de cette scène, hésitait, s'il rele-
verait Salvador, et s'il lui parlerait ;
lorsque Juan-Pérès parut, et se jetant
au devant de lui, lui dit à demi-voix :
— Ne le réveillez pas !..... quand je me
suis aperçu qu'il était ici, j'ai trem-
blé que votre rencontre n'eût des
suite funestes : mais il était dans son
accès de somnambulisme. Laissons-le
dans le sommeil qui le suit ordinairement, et venez avec moi.

Entraînant Fernand-Carlos, par la
porte qui était restée ouverte, il le
conduisit à travers deux ou trois pas-
sages, jusqu'à la porte extérieure de la
caverne.

Revenu de sa première surprise,
Fernand, s'adressant au vieillard avec
aigreur, lui demanda l'explication de
ce qui s'était passé, en laissant aper-
cevoir quelques soupçons sur ses in-
tentions.— Si j'avais voulu vous perdre, vous livrer à Salvador, dit le
vieillard, serais-je venu vous empêcher de troubler son sommeil ? Ce
sommeil, qui commence sur la terre
la punition des méchans ! — Mais, reprit Fernand, quelles relations, pour-
riez-vous avoir avec cet homme, si
vous n'êtes pas méchant comme lui ?
— Je pourrais, continua le vieillard,
vous demander, de quel droit vous
m'interrogez avec ce ton d'autorité ;
mon âge et ma situation vis-à-vis de
vous, devraient vous inspirer plus de
modération; c'est donc en vain que Ja--
cinthe a cherché à réprimer ce fougueux caractère? C'est donc en vain
que l'âme douce et sensible de Carlos
a été placée auprès de la vôtre,

comme un souffle bienfaisant, pour
tempérer les orages qui vous agi-
tent. Craignez, malheureux Fernand,
craignez l'abîme où vous traînent vos
passions mal combattues, je n'ignore
aucune de vos pensées les plus se-
crettes: vos penchans me sont con-
nus. A peine êtes-vous dans l'âge où
leur développement précoce se fait
sentir chez les adolescens, et déjà
leur empire vous subjugue. Vous connaissez, au même degré, la haine, l'a-
mour et la jalousie, trois passions dont
une seule suffit pour conduire aux plus
grands excès. Ah ! Fernand , vous
ignorez les lois de ce monde dans
lequel vous êtes une exception. Le
hasard de votre naissance vous a mis,
par la fortune, à l'abri des besoins
impérieux qui assiégent l'homme
dans tant de situations de la vie !
vous ignorez cette nécessité du tra-
vail, ce besoin de la condescendance
réciproque , entre les êtres d'une

même espèce. Vous n'avez pas même l'idée de cette chaîne universelle, qui lie tous les humains, et qui les rend esclaves les uns des autres. En vain on veut s'isoler, dans ce grand tourbillon de dépendance mutuelle; la foule qui flue et reflue ne s'écarte un instant que pour se précipiter sur nous avec plus de violence.

Si le hasard, qui vous a fait l'héritier d'une maison riche et illustre, vous eût jeté dans une classe vile et abjecte, vous seriez aujourdhui exposé comme un monstre à la curiosité publique; vous subiriez le sort des animaux sauvages que renferment les ménageries: peut-être ne sentiriez-vous pas l'humiliation de cette position cruelle, parce que vos facultés morales n'auraient point été cultivées par l'éducation; rendez-donc grâce au ciel qui vous a privilégié en donnant à votre monstrueuse conformation toutes les compensations qu'il pou-

vait vous accorder: et si vous êtes en
opposition avec les lois ordinaires de
la nature, tâchez, par une noble et
heureuse exception, de vous placer
dignement dans le monde moral,
véritable patrie des enfans de la créa-
tion !

Le vieillard s'arrêta; et les yeux de
Fernand-Carlos se fixèrent sur lui
avec étonnement. Les deux frères
gardèrent quelques instans le silence,
non faute d'idées, mais parce qu'elles
se pressaient confusément et s'agitaient comme les nuées qui préparent
un orage terrible.

Fernand éclata le premier; — Ne
savons-nous pas, dit-il, à quel point
peut arriver la stupidité des hommes?
Eh quoi ! parce que le créateur, ou
plutôt parce qu'un jeu de la nature
à laquelle il a accordé la liberté de
produire tant de créatures diverses
nous a conformés autrement que cette
multitude, faut-il que nous soyons

pour elle , un objet d'aversion ou
d'horreur?

Et ce que la nature a produit une
fois, ne peut-elle le reproduire encore?
Qui vous dit que nous ne pouvons
pas avoir une postérité semblable à
nous? Le troupeau du vulgaire s'é-
tonne ou s'effraye de tout objet que ses
yeux ne voient pas journellement. Il
méprise un nain, admire un géant, rit
d'un homme dont la taille n'est pas
droite, croit que celúi dont la peau
est noire doit être esclave! Mais ses
yeux, qui s'arrêtent stupidement à la
superficie, ne voyent pas qu'il y a des
âmes naines et géantes, des esprits
tortus, et des cœurs noircis par le
vice. Qu'importe, après tout, qu'un
lien charnel ait réuni, dans un seul
corps , l'âme de mon frère , et la
mienne; que deux têtes surmontent
le même tronc? Nos deux volontés
s'accordent peut-être mieux que celles
qui se développent dans plus d'un in-

dividu ordinaire. Et vous, qui vous êtes anoncé à nous, sous les dehors de la philosophie, partageriez-vous les misérable préjugés d'un vulgaire ignorant et routinier? Oseriez-vous prononcer, comme un absurde et sanglant tribunal, que la nature nous a chassés de son sein, et que nous devons être livrés aux flammes? et cela, parce que nous avons deux têtes; et que vous n'en avez qu'une? De quel droit voudriez-vous restreindre la puissance du créateur? Plusieurs fleurs, ne s'élèvent-elles pas sur la même tige, et l'épi de blé, n'est-il pas composé de plusieurs grains? Si la pyramide n'a qu'une pointe, les montagnes, n'ont-elles pas plusieurs sommets. L'homme qui serait né avec un seul bras, aurait-il le droit de regarder comme un monstre celui qui en a deux? Nous sommes une exception, oui: mais nous sommes sortis des mains du même artisan, il a fa-

briqué le vase d'argile avec une double capacité, et il a doublé sa valeur
en augmentant la raison et le sentiment qui donnent la vie à la matière.

Un signe d'approbation de Carlos,
annonça qu'il partageait les pensées
de son frère. J'ajouterai, dit-il, que
vous nous reprochez nos passions, ce
sont-elles cependant qui doivent vous
prouver que nous sommes véritablement hommes, et que nous subissons
toutes les conditions de l'humanité. Si
nous allions, dans quelqu'un de ces
pays que vous nommez sauvages,
parce que la nature n'y est point cor-
rompue par ces absurdes routines,
ces entassemens d'erreurs qui sont
devenues des lois, et cette habitude
de ne juger que d'après des idées
toutes faites; si nous paraissions dis-
je, devant des hommes simples et
sans préjugés, ils nous regarderaient
comme d'une nature supérieure à eux,
et verraient un don de la divinité, dans

une surabondance d'organes. Peut-
être nous prendraient-ils pour chefs,
pour rois; peut-être, nous dresse-
raient-ils des autels; mais ce n'est pas
ce que je desire, continua-t-il : que le
monde nous laisse le repos et la liberté, je me croirai trop heureux de
n'avoir avec lui nul relation; une
seule eût flatté mon cœur, dit-il en
soupirant!.... Il se tut, et un regard
terrible de Fernand, lui fit baisser
les yeux.

Eh bien! dit le vieillard, résignez-
vous donc à ce repos, à cette obscurité qui peuvent, seuls, vous rendre
heureux : et pour les trouver plus
sûrement, marchez vers un autre
hémisphère, celui-ci est semé pour
vous de dangers de toute espèce. —
Quitter cette terre où nous sommes
nés, s'écria Fernand! — Où habite
notre mère, dit Carlos! — Et Angéla...
continua Fernand, d'une voix sombre.
— Malheureux enfans, reprit le vieil-

lard avec amertume, ayez confiance
en moi; je vous ai vu naître; apprenez
que c'est dans mes bras que vous
avez été reçus en sortant du sein de
votre mère!—Vous êtes, dit Fernand,
le docteur Juan-Pérès dont parle le
manuscrit de Jacinthe!—C'est à vous,
ajouta Carlos, que nous avons le plus
d'obligation après nos parens. L'homme à deux têtes, se jeta dans les bras
du bon médecin qui l'embrassa ten-
drement.—Oui, mes amis, dit Juan-Perès; depuis votre enfance je ne vous ai
point perdus de vue. Si je n'ai point
paru à vos yeux, c'est que je croyais
me ménager plus d'influence, par ma
surveillance mystérieuse ; votre enfance a été confiée à une femme
instruite et vertueuse : les soins d'une
femme sont plus doux, plus touchans,
leur impression est plus salutaire, par
l'indulgence qui les accompagne, que
ceux d'un homme qui employe moins
de ménagemens, et qui marche d'un

4 *

pas plus ferme vers le but où il dirige son élève. — Nous n'ignorions
pas, dit alors Fernand, que quelqu'un
exerçait sur nous un empire qu'il
tenait de la confiance de nos parens;
recevez l'expression de notre reconnaissance. Mais pourquoi voudriez-
vous aujourd'hui nous éloigner de
ces lieux où tant de liens nous attachent ?

Ces liens, dit Juan-Perès, causeront
votre malheur; toutes les idées philo-
sophiques que vous venez d'émettre,
je les partage, je les approuve : mais
nous ne pouvons pas plus les mettre
en pratique dans le tourbillon qui
nous entraîne, qu'il ne nous serait
possible de diriger une barque sans
voile et sans gouvernail, contre le
courant d'un fleuve rapide. Les idées
reçues, les usages du monde où l'on
vit, sont des tyrans impitoyables devant lesquels rien ne trouve grâce :
voici votre position. Votre père est

absent pour un long pélerinage qui
doit absoudre sa conscience de quelques erreurs religieuses. Votre infor-
tunée mère, privée, depuis votre
naissance, de l'usage de sa raison, est
enfermée dans une maison où l'on
prodigue à sa santé tous les soins nécessaires; cette Angéla qui semble vous
occuper si vivement, a disparu avec
Manuel de Melsem, votre oncle
maternel; votre cousin Gusman, est
en possession du château de Vargas,
en vertu de l'arrangement amiable
qui a mis fin à un procès dont l'issue
vous eût été funeste. Votre retraite
vous mettrait à l'abri de tout évène-
ment, si je ne craignais votre impru-
dence, vos emportemens, et sur-tout
le dangereux voisinage d'un homme
dont vous vous êtes fait un ennemi
mortel, d'un homme puissant, hai-
neux, et à qui rien ne coûtera pour
satisfaire la soif de la vengeance ;
voyez-donc s'il ne serait pas prudent

de mettre les mers entre vous et lui,
et d'assurer dans une solitude de nos
possessions en Amérique, le repos de
vos jours, et cette indépendance dont
vous ne jouirez jamais dans ce pays.

Maintenant, continua Juan Perès,
réfléchissez mûremennt à mes avis.
Regagnez votre habitation isolée, que
Salvador ne connaît pas encore, et
que j'avais choisie moi-même pour
vous, près de ces lieux solitaires. Vous
en êtes moins éloignés que vous ne
pensez ; ce sentier escarpé vous con-
duira dans un bois qui cache votre habitation de ce côté. Entrez-y, et,
après avoir marché une demi-heure
sous les arbres en tournant vers le
midi, vous trouverez une croix de
pierre. Vous suivrez alors le chemin
tracé à droite, que vous reconnaîtrez
à sa pente rapide et aux orangers qui
le bordent. Vous serez alors sur les
dunes, et vous retrouverez facilement
votre chemin : hâtez-vous de partir.

Demain, j'irai vous voir; mais il est important que j'aille retrouver Salvador, dont le sommeil pourrait cesser. Il est inutile de vous assurer qu'hier quand je vous emmenai dans ma retraite philosophique, je ne m'attendais guère à sa visite; mais je suis arrivé à temps pour en prévenir les dangereux effets. Quittons-nous, et à demain.

Juan Pérèz retourna promptement à sa grotte, et l'homme à deux têtes prit en silence le chemin qui venait de lui être indiqué.

~~~~~~

CHAPITRE V.

L'Océan porte le navire,
L'Océan peut le submerger.
STASSART , *fables.*

Il y a long-temps que nous avons perdu de vue plusieurs personnages intéressans de cette histoire. Nous avons laissé don Gusman au moment où il sortait de l'assemblée des sectaires, tandis que Manuel et Angéla venaient de s'embarquer pour Flessingue. Le dernier coup de canon avait annoncé le départ du vaisseau, et il y avait lieu de croire qu'il était en pleine mer. Cependant don Gusman et ses deux acolytes se promenaient sur le port, et Gusman hésitait s'il ne se jetterait pas dans le premier vaisseau partant pour la Flandre.

Comme il réfléchissait, il entendit un des matelots qui était sur le port, dire à un autre : « Je te parie, Jacques, que la nuit sera mauvaise : non-seulement il ne sortira pas ce soir un vaisseau du du port; mais malheur à ceux qui sont sortis ce matin.— Comment, s'écria Gusman ! y a-t-il du danger pour eux ? — Oui, par mon âme, répliqua le matelot. Je suis un vieux marin, et j'ai une vieille expérience. Regardez à l'horizon cette barre rouge qui coupe le Ciel : mauvais pronostic. Avant une heure, le vent changera, et, si le capitaine Selder n'a pas assez filé pour pouvoir se mettre à l'abri dans la baie de Saint-Michel, je ne réponds pas de son petit *Diable*; quoiqu'il soit bon voilier. — Le capitaine Selder, s'écria Gusman ! c'est celui qu'a nommé Manuel : c'est son vaisseau qui porte Angéla. Et vous dites qu'il est en danger, mon ami, dit-il en s'adressant au matelot ? —

Sur ma foi, répondit celui-ci, si la bonne Notre-Dame-de-Grâce et le grand Saint-Nicolas n'ont pitié de lui; voilà un vent de sud-ouest qui lui jouera un mauvais tour, et qui le jettera sur les côtes avant qu'il ne soit sorti du golfe de Cadix; mais ce damné Hollandais a voulu partir. C'est un chien d'hérétique, qui a quelque marchandise de contrebande à son bord. D'ailleurs, les saints patrons de la marine auraient-ils pitié d'un *sloop* qu'on a baptisé *le Diable.* — Le capitaine Selder est un vieux routier, dit l'autre matelot; c'est un loup de mer; et, s'il est parti par un vent de sud-ouest, ce n'est pas pour cingler vers Flessingue, ni pour cotoyer le Portugal. Il va peut-être bien marcher sur l'Afrique, vendre sa cargaison à Alger, sur-tout s'il a des femmes à bord; car il passe pour un vrai corsaire parmi ceux qui le connaissent bien. Il est capable de partir avec un vaisseau chargé de blancs, et de revenir avec autant de noirs à fond de cale qu'il y a de mouches autour d'un baril de cassonade.

» — Se peut-il, dit alors don Gusman, que Manuel se soit confié à un homme qu'il ne connaissait pas! Le capitaine Selder ne vogue-t-il pas sous pavillon connu? N'a-t-il pas ses lettres de marque? Et, si c'est vraiment un corsaire, comment ose-t-il entrer dans un port espagnol, où il s'expose à être saisi, et puni suivant la rigueur des lois?— Ce que dit mon camarade n'est pas bien sûr, répondit le premier matelot; mais le capitaine Selder n'a pas bonne réputation, et il faut qu'un vieux marin comme lui ait eu de fortes raisons de s'éloigner pour se mettre en mer par un temps aussi menaçant... Et tenez, au moment où je vous parle, ne voyez-vous pas l'horizon se couvrir à vue d'œil? N'entendez-vous pas le vent souffler

avec furie? Les nuages s'amoncèlent,
la mer est houleuse, elle gronde sourdement, et tout annonce une violente
tempête. — Que le ciel te confonde,
oiseau de mauvais présage ! s'écria
brusquementQuébrantador,en voyant
une vive émotion se peindre sur la
figure de Don Gusman: et que le
diable emporte, celui qui, le premier,
a inventé de mettre une planche ver-
moulue entre soi et la mort. Je suis
brave, je l'ai prouvé en me distinguant
dans les troupes du grand Charles-
Quint; mais je voyais l'ennemi face à
face, je marchais sur un terrain so-
lide, où l'on pouvait avancer de pied-
ferme, au lieu que, quand un brave
est en équilibre dans une de vos co-
quilles de noix, il aurait beau jouer
du sabre, ou ajuster son arquebuse,
un coup de vent peut vous l'envoyer,
en deux temps, faire la guerre aux
requins et aux marsouins. Au diable
la mer et les marins; vive les soldats

de terre!—Triple sabord! sainte Barbe!
malédiction! cria le matelot avec fureur ; un mauvais soldat de terre se
permet d'insulter la marine! la plus
belle profession , la plus noble !.... et
j'entendrais cela de sang-froid.... non!
Je briserais ma pipe en mille morceaux , si ce n'était la propre pipe de
Christophe Colomb, qui m'a été don-
née par mon père. — La pipe de
Christophe Colomb , répliqua Québrantador, ne vaut pas un poil de la
moustache d'un soldat de Charles-
Quint, et je ne sais à quoi il tient que
je ne la fasse sauter dans la mer.
— Fais - le, reprit le matelot , si
tu as envie que je t'envoye l'y chercher. — Gusman absorbé dans ses réflexions, n'avait pas fait d'abord attention à cette dispute, mais voyant
qu'elle s'échauffait, il s'interposa pour
la faire cesser, et Fabrice, qui avait
vu plusieurs matelots s'approcher
de leur camarade avec l'air déter-

miné de gens qui étaient prêts à lui
porter secours, se tenait très-pru-
demment derrière son maître, au lieu
d'assister le valeureux Québrantador.
—Hola ! braves gens, leur dit Don
Gusman, avec fermeté : appaisez-
vous, ce vieux soldat n'a point voulu
vous insulter, son zèle pour moi l'a
emporté trop loin, peut-être ; mais je
suis garant qu'il aime et qu'il estime
les bons marins comme vous ; vous
avez aussi la tête vive, camarade, dit-
il en souriant au matelot qui avait
parlé le premier : mais je suis sûr
que vous ne refuserez pas d'aller boire
à ma santé, à l'auberge que je vois ici
en face. En disant ces mots, il lui
glissa dans la main un écu d'argent,
qui fit sur le matelot l'effet d'un talisman. —Non seulement, répondit-il,
je ne refuserai pas de boire à la santé
d'un digne seigneur tel que vous,
mais je trinquerai même volontiers,
avec le soldat de Charles-Quint,

pourvu qu'il respecte la marine, et
sur-toutla pipe de Christophe Colomb;
et si vous voulez en savoir l'histoire ,
apprenez que cette pipe lui a été don-
née par le cacique de *Guanahani*, en
présence de mon père, et que je la
respecte comme la plus belle coquille
de Saint-Jacques de Compostelle.
Mon père, qui faisait partie de l'équipage qui a découvert le Nouveau-
Monde, n'était pas du nombre de ceux
qui traitaient le grand Christophe Colomb de fou et d'avanturier, il le
défendit au contraire, contre les mu-
tins qui voulaient le jeter dans la
mer; il fut un des trente-huit que ce
grand navigateur laissa dans l'île de
Guanahani, qu'il nomma *l'Espagnole*,
et à qui il confia la garde du fort de
bois, qu'il y avait construit. En partant, il lui dit, Christophe !.... car mon
père avait l'honneur de se nommer
comme ce grand homme, et je porte
le même nom que mon père : il lui

dit donc : Christophe, tu es un bon
marin, et un brave homme! si jamais
je suis riche, ta fortune est faite; je
n'ai à t'offrir en ce moment, que cette
pipe, mais je te la donne de bon
cœur. — Et je la reçois de même, lui
dit mon père : quand vous reviendrez
d'Espagne, reprenez-moi, dussiez-
vous faire le tour du monde; et je le
ferai avec vous, et avec votre pipe.
Colomb lui tint parole, il le reprit en
passant, et mon père l'aida à décou-
vrir le pays des Caraïbes et la Jamaï-
que. Quand les juges envoyés d'Espagne pour veiller sur ce grand-
homme, le récompensèrent de son
génie et de ses découvertes, en le ra-
menant en Espagne, les fers aux pieds
et aux mains, mon père ne voulut
pas le quitter : il revint avec lui, le
servit pendant la traversée, et demanda l'honneur de le servir encore
dans la prison où on le retint quatre
années, contre toute justice ; mais

servez les grands, et comptez sur
leur reconnaissance! Christophe Colomb a donné l'Amérique à Ferdinand, il en a reçu des fers; mon père
a servi un homme de cœur et de génie, et du moins il en a eu une pipe!

Don Gusman, en écoutant le récit
du matelot, regardait avec inquiétude
l'océan, dont les vagues furieuses
s'entrechoquaient avec la plus grande
violence. Un ouragan terrible s'élevait en ce moment, et, selon la prédic-
tion du matelot, il n'y avait pas de
doute que le sloop du capitaine Selder
ne courut le plus grand danger. —
Voyez, Monsieur, lui dit alors Fabrice,
s'il n'y a pas une prédestination et une
fatalité? Si le bonhomme Manuel avait
consenti à vous laisser embarquer
avec lui, nous serions, en ce moment,
entre la vie et la mort!—Mais Angéla
y est, dit Gusman d'une voix émue!
—Votre danger ne la sauverait pas,
mon cher maître. Permettez-moi, du

moins, de me féliciter, pour moi, d'être
resté au port.—Monsieur, dit un autre
marin à Gusman, d'un air mystérieux,
et en lui parlant à voix basse: S'il y a
sur le sloop du capitaine Selder quelqu'un qui vous intéresse, cessez d'avoir
de l'inquiétude. — Quoi, s'écria Gusman , se pourrait-il !..... — Chut !
reprit le marin: soyez discret, les gens
que vous cherchez ne sont peut-être
pas si loin que vous le pensez : mais
si vous êtes des nôtres , vous devriez
le savoir. — Gusman le regardait tout
étonné. Allez, allez, dit le marin : ne
dissimulez pas avec moi ; je vous ai vu
sortir de *notre bercail.* Qui va chez
notre pasteur, est aussi du troupeau ;
mais vous avez raison de ne pas vous
livrer à un inconnu et de craindre
les traîtres, il y en a ici comme ailleurs:
quant à moi, voici ma lettre de créan-
ce , voyez-vous la besace? En parlant ainsi, il lui montra *la médaille
des Gueux.* Gusman surpris, et voyant

qu'on le prenait pour ce qu'il n'était
pas, mais craignant également de se
compromettre, en parlant et en se
taisant, tira de sa poche une pièce d'or,
et la mit dans la main du marin, en
lui disant: mon frère, permettez—moi
d'y joindre la médaille des riches. —
Les deux peuvent aller ensemble, dit
le marin en la mettant dans sa poche.
Mais vous êtes étranger ici; permettez—moi de vous indiquer une auberge où vous serez bien ; vous y
trouverez des nôtres, c'est *à la Grâce-
de-Dieu*, dans la rue des Frippiers,
vous m'y trouverez à l'heure du souper; en finissant, il s'éloigna, et Christophe prenant sa place dit à don
Gusman : — Seigneur étranger, vous
m'avez gagné le cœur, par vos ma-
nières franches et généreuses: je ne
sais ce que vous a dit l'homme qui
vous parlait, et qui vient de vous
quitter, mais méfiez-vous de lui ; et
si, par hasard, il vous a indiqué un

gîte, n'y allez point. Si vous n'étiez pas
un trop grand seigneur, pour loger
dans une auberge de matelots, je vous
conseillerais de vous mettre *à la Ga-*
lère-Royale, on n'y fait pas une chère
exquise, mais on y trouve encore
quelque chose, et aujourd'hui vendredi, vous êtes sûr d'y avoir de la
morue fraîche et des œufs à l'ail qui
font boire le vin de Xérès avec plaisir;
au surplus, nous allons en boire à
votre santé, et méfiez-vous *de la*
Grâce-de-Dieu.—Merci de votre avis,
mon brave Christophe, dit alors
Gusman en lui mettant une autre
pièce dans la main. Il allait se retour-
ner, pour parler à Fabrice, quand un
autre matelot s'approcha de lui, en lui
faisant signe de le suivre à quelques
pas. Gusman surpris, le suivit en effet,
et le matelot lui dit : Mon gentilhomme,
vous avez payé cher deux mauvais
avis; je n'en ai qu'un à vous donner,
il est bon, et je ne veux point de votre

argent. N'allez ni *à la Grâce-de-Dieu,*
ni *à la Galère-Royale.* Il lui tourna le
dos, sans attendre de réponse, et le
laissa encore plus étonné et plus in-
décis.

A l'époque où se passait la scène
que nous décrivons, le port de San-
Lucar n'était pas fortifié, comme aujourd'hui, ni entouré d'une ville aussi
considérable qu'elle l'est maintenant.
San-Lucar de Barrameda, situé à l'embouchure du Guadalquivir, et à dix-
sept lieues de Séville, était cependant
une ville forte, et il faut, pour l'intelligence de cette histoire, ne pas la
confondre avec le bourg du même
nom, auprès duquel était situé le
château de Vargas, et qui était à moitié
chemin entre Séville, et San-Lucar
de Barrameda. On sait assez, au reste,
quel est le tumulte qui règne dans une
ville maritime, quelle confusion y
causent les arrivages et les embarque-
mens, quelle variété d'individus de

toutes sortes s'y trouve tous les jours, et quelle facilité donne à ceux qui veulent se cacher, ce mouvement perpétuel, cette multitude d'hommes parlant toutes sortes de langues et portant des costumes de tous les pays, sur-tout à une époque où la police n'était pas *perfectionnée* comme elle l'est aujourd'hui.

Gusman hésitait donc entre les trois avis qu'il avait reçus, lorsqu'un homme à cheveux plats et à mine triste, l'aborda d'un air humble, avec un profond salut. Don Gusman lui dit en riant : venez-vous encore m'offrir une auberge ?—Seigneur, lui dit l'homme, je viens de la part de celui que vous savez...—Que je sois pendu si je sais de quelle part vous pouvez venir, reprit don Gusman. —Je viens, continua l'homme, vous rendre vos armes, et vous dire que si vous avez besoin de vos chevaux, vous les trouverez à l'auberge de l'*Ancre-de-Miséricorde*,

où celui que vous savez les a fait conduire. — Ah! s'écria Fabrice, les honnêtes gens! j'avoue, mon cher maître, que j'y songeais avec chagrin, et
que j'ai cru que les *larmoyans* et les
pâtissiers avaient confisqué les pau-
vres bêtes. — Pourquoi pensez-vous
mal de votre prochain? l'ami, dit
l'homme à la mine triste, en roulant
dans ses doigts un rosaire à gros
grains... Ce sont des pensées du démon, il faut les chasser avec soin. —
Et où est l'auberge de l'*Ancre-de-Miséricorde*, demanda Fabrice? Suivez-
moi, je vais vous y conduire, dit
l'homme. Aussi bien la pluie commence, elle va bientôt tomber par tor-
rens, et il ne fait pas bon rester sur le
port par un ouragan semblable. —
Fait-on bonne chère à l'*Ancre-de-miséricorde?* demanda encore Fabrice;
car nous n'avons pas mangé de la
journée, et mon maître doit avoir un
furieux appétit s'il ressemble au mien.

— Vous ne serez pas mécontent : s'il
ne tient qu'à moi, car je suis l'hôte ;
mais marchons, je vous prie, sans
quoi nous allons être inondés.

Don Gusman suivit cet hôte dont
la mine lui inspirait peu de confiance ;
mais il n'y avait pas de choix pour le
moment, et du moins aucun avis mystérieux ne l'avait prévenu contre cette
auberge, comme on l'avait fait rela-
tivement *à la Galère* et *à la Grâce-de-
Dieu.* Nos voyageurs marchèrent quelques minutes, et se trouvèrent devant
une maison dont la triste apparence
ressemblait à la triste mine de celui qui les y introduisait. Quelques
matelots fumaient et buvaient dans
une salle base. L'hôte s'empressa de
dire à don Gusman : ce n'est pas là
que je compte avoir l'honneur de vous
recevoir. J'ai une chambre haute pour
les personnes de considération. En
disant ces mots, il lui montra un
vilain petit escalier tournant fort obscur.—Mais, c'est un coupe-gorge, mur-

mura Fabrice entre ses dents. J'ai mon épée, lui répondit Québrantador, et ils montèrent derrière don Gusman qui semblait rêveur contre son ordinaire, et qui en effet songeait à la tempête, aux dangers que courait Angéla, et même à Manuel qu'il aimait par habitude, et contre lequel son caractère généreux ne pouvait pas garder de rancune.

La chambre haute dans laquelle ils furent introduits, était simple, mais propre. Il y avait au milieu une grande table de noyer; autour, des fauteuils et des chaises de maroquin, sur lesquels on voyait quelques restes de dorure, et au fond deux grands lits à baldaquin de serge rouge, aux rideaux desquels pendaient quelques fragmens de franges de soie. Une haute cheminée sur laquelle étaient sculptées de vieilles armoiries effacées, était en face des lits; et vis-à-vis la porte étaient deux hautes croi-

sées dont les ogives et les vitraux
peints, annonçaient un reste d'ancienne splendeur. Don Gusman se
jeta dans un fauteuil sans trop examiner l'appartement que l'œil de
Fabrice parcourut avec curiosité.
—Que désirez-vous que je vous fasse
servir ? demanda l'hôte.—Ce que vous
aurez, dit Gusman avec insouciance.
—Du poisson et des œufs, dit Fabrice ;
un repas d'auberge, et de vendredi,
particulièrement.

L'hôte sourit, et dit : Dans cette
chambre haute vous n'avez pas à
craindre d'être interrompus, et si un
quartier d'agneau, et une excellente
olla podrida vous font plaisir, vous
n'avez qu'à dire un mot. — Je suis bon
chrétien, dit Fabrice en le regardant de
travers. . *et ne nos inducas in tentatio-
nem.* — Je suis soldat, dit Québrantador, et je mange ce qu'on me donne :
j'ai mon absolution d'avance, de l'au-
monier du régiment. — Servez moi ce

que vous voudrez, dit don Gusman,
à condition que vous souperez avec
nous. L'hôte salua et sortit.

Monsieur, dit Fabrice à son maître,
quand l'hôte fut parti : cet homme avec
ses façons mielleuses, m'a tout l'air
d'un espion du Saint-Office.—Je pense,
au contraire, répondit don Gusman,
que c'est un affidé de ces honnêtes
fous de sectaires qui sont en correspondance avec les Flamands. Nous
mangerons son souper, et demain dès
la pointe du jour, nous partirons pour
Séville, ou plutôt pour le château de
Vargas ; car je veux revoir mon cousin
à deux têtes, que j'ai quitté un peu
brusquement.—Si vous en croyez votre serviteur, ajouta Fabrice, nous
partirons aussitôt après le repas, et
nous ne resterons pas cette nuit dans
une ville où j'ai l'idée frappée qu'il
nous arrivera quelque malheur. —
Poltron superstitieux, dit don Gusman ; quand je céderais à tes craintes,

5 *

penses-tu que je veuille me mettre en route par le temps affreux qu'il fait? Et, que pense le brave Québrantador des terreurs de Fabrice? —Seigneur, répondit celui-ci en retroussant sa moustache, je pense qu'on ne doit avoir peur nulle part, avec le fils de feu mon brave capitaine, et avec un soldat de Charles-Quint.

En ce moment l'orage redoubla, et un violent coup de tonnerre se fit entendre. Québrantador pâlit et fit un signe de croix, en disant d'une voix tremblante, *Sancta Barbara, ora pro nobis:*

Don Gusman ne put s'empêcher de rire, et Québrantador qui devina sa pensée lui dit, avec un peu d'humeur: j'ai été au siége de Malte, à celui de Gand, j'ai remis le roi de Tunis sur son trône, avec mon général Charles-Quint, et Dieu merci, un coup de canon ne m'a jamais fait trembler; mais le canon de Dieu, ou son tonnerre, comme vous voudrez l'appeler, n'est pas une arme de laquelle un soldat puisse se défendre. — Je ne vous en veux pas, mon brave camarade, lui dit Gusman. Chacun a son genre de courage ; le mien n'est que du sang-froid. Au surplus, c'est un don de la nature dont personne ne peut se glorifier. J'ai vu un vaillant général, aussi intrépide que César dans une mêlée, se trouver mal en voyant une souris. Et moi qui traverserais des flammes, s'il le fallait, pour aller à un rendez-vous, moi qui me suis battu en combat singulier, comme à l'armée ; eh bien ! la vue d'une femme vieille et laide me fait trembler et reculer comme un poltron. — Mais aussi, ajouta Fabrice, une femme jeune et jolie, vous fait diablement courir ; témoin le voyage que nous venons de faire pour attraper ce joli petit minois de la signora Angéla, qui nous échappe comme un papillon.

Gusman soupira sans répondre. Au même instant le son d'une mandoline se fit entendre, et après un joli prélude, une voix de femme chanta très-agréablement une espèce de *Seguedille* dont le refrain était fort animé. Nos trois voyageurs firent silence et écoutèrent avec attention. Bientôt après, la mandoline exécuta un bolero, et le bruit des pas et des castagnettes annonça que l'on dansait dans une pièce voisine.

La voix est charmante, s'écria Gusman, et les pas sont tellement légers, qu'ils doivent être ceux d'une sylphide plutôt que d'une femme !
— Elles prennent mal leur temps pour chanter et pour danser, répondit Québrantador ; elles feront tomber le tonnerre sur cette maison.

En effet, l'orage le plus furieux continuait, les vitres craquaient sous les efforts du vent, les éclats du tonnerre augmentaient le vacarme. Les

chants des matelots qui buvaient dans
la salle-basse, vinrent s'y joindre et
furent bientôt si bruyans qu'ils cou-
vrirent presque le fracas de l'orage.

» Mon maître, mon cher maître,
dit alors Fabrice d'une voix étouffée,
je partage l'avis de Québrantador,
et je suis persuadé que nous sommes
ici au sabat et dans une maison de
sorciers. — Dis au moins de sor-
cières, répliqua Gusman ; mais je
veux voir ces musiciennes qui doivent être des fées, si je m'en rapporte
à leur jolie voix et à leurs pas légers.
En disant ces mots, il se leva et sortit
de la chambre pour entrer dans celle
d'où venait la musique.—Quel homme!
dit Québrantador. — Il nous laisse
seuls, dit Fabrice! — Que craignez-
vous avec moi, lui demanda Québrantador en relevant sa moustache?
— Eh! parbleu, ce que vous craignez
vous même !... Ne restons pas ici...
Allons à l'écurie; nous y trouverons

compagnie, et je suis bien-aise, d'ailleurs, de voir si l'on a eu soin de nos
chevaux. Il prit le bras de Québrantador, et se serrant fortement contre
lui, il descendit l'escalier en trem-
blant, traversa une cour, et entra
dans l'écurie ; mais il n'y fut pas plutôt, qu'il jeta un cri, et tomba à genoux, en disant : Malheur à nous !
voilà *le petit cheval gris !*

———

~~~~~~~~~~~~~~~~~~~~~~~~~~~~~~~~~~~~~

CHAPITRE VI.

« Que vois-je ? quelles sont ces créatures
» dont l'aspect étonne mes regards ?....
» N'êtes-vous que des corps fantastiques ?
» Ou êtes-vous, en effet, ce que vous pa-
» raissez être ?.... Si vos yeux percent l'obscurité des temps, vous pouvez me parler. »

SHAKESPEARE.

Don Gusman pousse une porte, et
entre dans la chambre voisine de la
sienne, puis il reste sur le seuil, et sa-
lue, d'un air gracieux, deux femmes
dont le costume singulier lui cause
quelque surprise. — Entrez, mon cavalier, dit l'une des deux ; et soyez le
bien-venu. — Pardon, de me présenter ainsi, mesdames, dit don Gusman :
mais je n'ai pu résister au désir de savoir d'où provenaient les sons ravis-
sans que j'ai entendus ! — Vous êtes

flatteur, dit la plus jeune des deux
femmes en souriant et montrant les
plus belles dents du monde. Elle souleva un léger voile de gaze noire, bro-
dé avec des étoiles d'or, et Gusman
vit des yeux noirs et brillans, ombra-
gés de longs cils et surmontés de deux
sourcils luisans comme des arcs d'é-
bène. Le teint de ces deux femmes
était un peu plus brun que ne l'est
ordinairement celui des Espagnoles :
il était même un peu basané ; mais
une carnation vive et animée ne rendait point cette couleur désagréable.
D. Gusman, habitué à la galanterie,
entra facilement en conversation, en
louant la musique qu'il avait enten-
due, et même la danse qu'il n'avait
point vue, mais que la taille élégante
et les grâces de la danseuse lui faisait
supposer pleine de charmes. — Voulez-vous en juger par vous-même,
mon cavalier, dit celle des deux femmes qui paraissait la plus âgée ; je suis

persuadée que ma chère Zerbine ne vous refusera pas une chose qui paraît vous faire tant de plaisir. — Quoi, vous daigneriez?... oh ! je suis confus, dit don Gusman. — Pourquoi donc, seigneur cavalier, reprit Zerbine, se faire prier pour montrer ses talens : c'est souvent de la fausse modestie ; moins on en a, plus on doit se faire excuser par sa complaisance.—Voilà, dit à part don Gusman, une jeune personne élevée parfaitement.—Que voulez-vous que je chante, ma bonne Coscolina, continua la jeune fille?— Eh pourquoi, Zerbine, lui dit Coscolina, ne chanteriez-vous pas la romance que vous venez de composer? — Quoi ! s'écria Gusman , une romance de votre composition?—Vous serez indulgent pour les paroles, seigneur cavalier, dit Zerbine en baissant les yeux. Elles n'ont d'autre mérite que d'être une peinture assez vraie de mon existence. Quant à la musique, c'est tout bonnement une expression cadencée, une déclamation sentie des paroles; vous y trouverez plus de naturel que de science. — Comment donc, dit don Gusman, vous en faites l'éloge le plus complet. La véritable musique ne doit pas être autre chose que ce que vous dites. Les tours de force de la voix et des instrumens peuvent m'étonner; mais le sentiment et l'expression vont droit à mon cœur. La musique serait-elle aussi de vous? — Ah! répondit Zerbine, il me serait bien difficile de composer quelques vers faits pour être chantés, sans en improviser, pour ainsi dire, le chant. Il y a une certaine harmonie entre la poésie et la musique qui en fait pour moi comme deux sœurs inséparables; et quand un vers s'offre à ma pensée, ma voix en saisit l'accent, et ma main, errante sur ma mandoline, en fixe aussitôt le ton, et en exécute les accompagnemens. — Vous me donnez, s'écria Gusman, le plus grand désir de vous entendre. Il accepta un siége que la jolie Zerbine poussa près de lui avec un geste poli. La jeune personne prit son instrument et fit un prélude léger et brillant. Dans ce moment deux têtes parurent à la porte entr'ouverte. C'étaient celles de Québrantador et de Fabrice effrayés, qui cherchaient don Gusman; comme ils le virent préoccupé, et qu'ils entendirent la musique, ils se retirèrent en arrière, mais ils restèrent derrière la porte avec une curiosité mêlée d'inquiétude.

Zerbine, après avoir préludé, chanta avec expression la romance suivante.

ROMANCE DE ZERBINE.

Enfant du rivage Maure,
Que brûlent les feux du jour ;
J'y vis ma première aurore,
Je l'ai quitté sans retour.
Errante au gré de l'étoile
Qui dirige mon destin,
A mes yeux toujours un voile
Dérobe le ciel serein.

(124)

Ah ! par-tout gronde l'orage ,
Par-tout le calme est trompeur.
En vain on cherche une plage.
Où réside le bonheur !

Le tonnerre, qui continuait de gronder sourdement, se fit entendre plus fort au moment où Zerbine chantait, *ah, partout gronde l'orage;* et il forma un accompagnement naturel qui donna au refrain de cette romance quelque chose d'extraordinaire. La chambre était faiblement éclairée, la jeune chanteuse, assise près de la fenêtre, était frappée de temps en temps par la clarté brillante et passagère des éclairs; on distinguait alors sa physionomie expressive. Don Gusman était dans une sorte d'extase, et les deux curieux, collés contre la porte, se croyaient à une cérémonie magique. Zerbine continua ainsi :

DEUXIÈME COUPLET.

J'ai parcouru , solitaire,
Le désert inhabité

Qu'un souffle brûlant altère ,
Dont l'œil fuit l'âpre clarté.
Jamais ou pluie ou rosée
N'y soulage un voyageur :
Et de la terre embrâsée
Vole un sable destructeur.
Ah ! par-tout gronde l'orage ,
Partout , etc.

TROISIÈME COUPLET.

J'avais reposé ma tête
Sur la mousse , auprès des flots.
Le bruit sourd de la tempête
M'a fait fuir du bord des eaux.
Sur la montagne fleurie ,
J'ai gravi le haut rocher.
De l'Aquilon en furie
C'était , hélas ! m'approcher.
Ah ! par-tout gronde l'orage ,
Par-tout le calme est trompeur.
En vain on cherche une plage
Où réside le bonheur !

Zerbine chanta ce dernier refrain
avec une singulière expression de
mélancolie. Ses doigts firent à peine
frémir les cordes de la mandoline.
Un profond silence succéda à son
chant.... Tout-à-coup un violent
coup de tonnerre fit trembler la mai-

son, le ciel parut en feu. Un grand cri se
fit entendre, et les deux effrayés spec-
tateurs, poussant la porte, tombèrent
à plat ventre au milieu de la chambre. Gusman se leva, mit la main
sur la garde de son épée, et Zerbine
poussa un grand éclat de rire.

— Ah, madame! s'écria don Gusman, vous avez détruit toute mon illusion.

— Pourquoi la prolonger, dit Zerbine? L'art des transitions est celui du
plaisir; elle sauta légèrement au milieu de la chambre, saisit ses castagnettes, et forma des pas si rapides,
que les deux poltrons qui étaient à
terre eurent à peine le temps de se
relever pour ne point se trouver sous
les pieds de cette légère danseuse.

— Quelle est cette femme singulière, se demandait Gusman? elle est
ravissante! Mais cette liberté, ces ma-
nières hardies, cette transition brus-
que de la mélancolie la plus profonde
à une gaieté folle! Comme il faisait

ces réflexions, Zerbine s'approcha de lui et lui prit la main; don Gusman tressaillit..... — Mettez-y la pièce d'or, lui dit Zerbine. Don Gusman ne savait que penser. Zerbine, regardant sa main avec attention, lui dit : — Cette ligne est heureuse.... mettez donc dessus la pièce d'or. Don Gusman y pla-ça un florin d'or, et Zerbine, faisant un signe de croix avec la pièce de monnaie, la plaça dans son sein, et dit, à don Gusman : — Un bonheur inespéré vous attend, mon gentil cavalier. Baissez-vous un peu, que je voie la ligne de votre front. Gusman se baissa machinalement, et sentit, sur sa figure, la douce haleine de Zerbine dont les lèvres effleuraient presque les siennes. Un mouvement involontaire fit approcher don Gusman.... Zerbine se recula vivement. — « La ligne du front, dit-elle, est plus heureuse encore que celle de la main. La fortune vous attend, mon gentil cavalier. Hâtez-vous de partir;

vous trouverez chez vous des lettres
et des papiers qui vont remettre vos
finances dans un état brillant. — Se
peut-il, dit Gusman surpris, vous seriez?.... — Que pensez-vous donc
qne je sois? reprit Zerbine , une pauvre Égyptienne, qui vous dit votre
bonne aventure : mais, mon gentil cavalier, attendez un peu... Que je re-
garde cette ligne arquée entre les deux
sourcils.... ligne malencontreuse.
Celle de la fortune est bonne ; mais
celle de l'amour!..... Elle hocha la
tête. — Eh bien ! celle de l'amour?
dit don Gusman. — Vous n'aurez pas
pas à vous en louer, mon beau cavalier , mais c'est votre faute, désirs im-
pétueux, ardeur impatiente ; mais pas
de constance !.... Vous préférez les
conquêtes faciles à un attachement
durable, et cela vous vaudra des tra-
verses et des contrariétés. — Chacun
son goût, répondit don Gusman, et
s'il est vrai, charmante Zerbine, que
vous soyez une Égyptienne, une di-

seuse de *bonne aventure*, je suis persuadé que je n'en trouverai pas une
mauvaise près de vous. — Quoi ! dit
Zerbine d'un air sérieux, vous me parlez sur ce ton léger sans savoir s'il
me convient. Je suis une Egyptienne,
je dis la bonne aventure, mais je
ne la donne pas. — Votre mine charmante en est déjà une pour celui qui
a le bonheur de la voir. — Ah ! don
Gusman, dit l'Égyptienne! vous pensez
à me conter fleurette, et votre tête légère a déjà oublié le but de son voyage,
et vous ne songez plus que celle que
vous croyez aimer, lutte peut-être en
ce moment sur les flots, en butte aux
dangers d'une affreuse tempête. —
Don Gusman frappé comme d'un coup
de foudre, regarda fixement Zerbine.
Ciel ! lui dit-il, vous savez.... Vous
connaissez Angéla!....Qui êtes-vous?
Non, vous n'êtes pas un être naturel!
— Mon cher maître, s'écria Fabrice.
C'est le diable déguisé en femme, ou
tout au moins une sorcière ; je le sais

j'en suis sûr, j'en ai la preuve, le petit cheval gris est ici ! — Que dis-tu,
s'écria Gusman ! Manuel ne serait
donc pas parti ? Angéla serait en ces
lieux ! et vous le savez, Zerbine....
Ah ! de grâce répondez ! — Comment
donc, répliqua Zerbine ; Manuel ne
ne peut-il s'être embarqué sans son
cheval ? Vous fondez vos conjectures
sur des preuves bien légères. Les soupçons ridicules d'un imbécille, d'un
poltron de valet, seront-ils votre
boussole ? Non, non, seigneur don
Gusman, j'ai meilleure opinion de
vous. Votre légèreté naturelle rend
votre premier mouvement irréfléchi ;
mais votre esprit, je dirai mieux, votre bon sens reprend le dessus, et fait
de vous un homme véritable. Ren-
voyez ces témoins inutiles, et nous
causerons mieux de ce qui vous intéresse. Fabrice, tout stupéfait de s'être
entendu traiter par l'Égyptienne de
poltron et d'imbécille, la regardait de
travers, et tirait son maître par le pan

de son manteau, lorsque l'hôte entra, et annonça que le souper était servi. Zerbine, dit don Gusman d'un air galant, me ferez-vous le plaisir d'accepter votre part de mon souper? j'y invite aussi votre compagne, et j'ai prié notre hôte de l'honorer de sa présence. — Nous causerons à table avec plus de liberté, dit Zerbine; mais pour que l'inquiétude ne vous empêche pas de faire honneur au repas, sachez qu'Angéla et Manuel ne peuvent courir sur mer aucun danger, et que moi qui vous parle, je serais aussi tranquille sur le sloop du capitaine Selder, que je le serai dans la salle où nous allons souper. Elle accepta la main de don Gusman, et passa dans une pièce où était une table assez bien servie. Fabrice se plaça derrière la chaise de son maître, qui fit asseoir Zerbine près de lui; Coscolina se mit auprès de l'hôte, et Québrantador descendit dans la salle où buvaient les matelots.

~~~~~~~~~~~~~~~~~~~~~~~~~~~~~~~~~~~~

CHAPITRE VII.

L'homme est de glace aux vérités,
Il est de feu pour les mensonges.

LA FONTAINE.

Salvador, qui avait passé la nuit
dans la grotte mystérieuse, y était
venu, poussé par un désir superstitieux. Il était persuadé que Juan-
Perès avait des intelligences avec des
êtres surnaturels, et en vain cet honnête chirurgien avait nié une chose
qui pouvait compromettre sa sûreté
et même sa vie; par une de ces con-
tradictions inexplicables de l'esprit
humain, Salvador, à qui son dévouement à l'inquisition faisait une
loi de livrer les sorciers aux flammes,
voulait absolument que Juan Perès
fît en sa faveur un essai de son pou-

voir, et le menaçait de toute sa vengeance s'il le refusait. Juan Perès se
voyait donc obligé de passer pour
sorcier, afin d'éviter le supplice qu'il
aurait mérité, s'il l'eût été réelle-
ment. Il avait long-temps combattu
les idées de Salvador qui lui avait
répondu par l'autorité des livres saints,
qui lui avait cité la sorcière d'Endor
et l'ombre de Samuel, Simon le magicien, et beaucoup d'autres exem-
ples semblables. Juan Perès vit qu'il
valait mieux gouverner cet homme
par ses faiblesses que d'avoir à redou-
ter sa dangereuse autorité : aussi lui
avait-il promis une cérémonie magique, pour laquelle il avait fait secrètement tous les préparatifs que ses
connaissances en physique lui avaient
permis d'employer pour fasciner la
vue et tromper tous les sens d'un
homme qui voulait absolument qu'on
le trompât. Etrange aveuglement
d'une âme qui cherche un appui hors

de la nature, parce qu'elle est hors de la vertu.

Au surplus, cette erreur de Salvador était celle de son siècle, que quelques esprits éclairés et précoces avaient seuls le courage de mépriser. Les Rois eux-mêmes avaient alors à leur cour des astrologues qui partageaient avec les fous les honneurs de leur intimité. On tirait des horoscopes, on faisait le thême natal des enfans, on consultait les astres avant d'entreprendre une guerre que l'on n'eût point faite, si l'on eût consulté la raison et l'humanité. C'est une singulière conséquence de l'amour des hommes pour l'erreur, que la science la plus vaine et la plus fausse soit aussi la plus ancienne et la plus répandue. Les Égyptiens, les Chaldéens, les Perses avaient de toute antiquité, des devins et des magiciens ; nous en trouvons chez les peuplades les plus isolées. Les Romains avaient des

augures et des aruspices, comme les
Lapons ont des sorciers ; et, au quin-
zième siècle, l'Europe était encore
infestée d'une erreur que le règne de
la philosophie ne parviendra lui-
même à détruire que par l'arme du
ridicule (1).

Juan Perès ne savait pas positive-
ment ce que désirait Salvador, mais
la connaissance du cœur humain,
l'avait mis en état de deviner quels
objets l'intéresseraient plus particulièrement. Il avait réuni les moyens
que pouvaient lui procurer les divers
phénomènes physiques propres à

---

(1) Au dix-neuvième siècle, on croit encore aux sorts et aux maléfices. Non seulement ces crédulités superstitieuses règnent
dans les villages, mais la *bonne société* de
Paris va trouver une tireuse de cartes ! Et
on parle du progrès des lumières ! hélas !
on peut dire comme dans l'Évangile, vous
avez la lumière, mais vous la mettez sous
le boisseau.

émouvoir un esprit prévenu, tels que ceux de l'acoustique et de la phantas-magorie, enfin tout ce que l'illusion peut produire sur les sens pour les abuser. Il ne revint à la caverne qu'après avoir donné à Fernand-Carlos le temps de s'éloigner. Il laissa Salvador une partie de la matinée dans une solitude qui le préparait mieux à une scène magique. Quand il revint, il le trouva assis dans une attitude rêveuse et mélancolique. Il resta debout devant lui, attendant qu'il lui adressât la parole. Salvador fixa les yeux sur Juan d'un air qui peignait un doute cruel : il sourit amère-ment, et semblant réunir quelques idées vagues, il rompit le silence. —Juan, dit-il, mon âme est depuis trop long-temps balancée entre le désir d'une croyance absolue, et celui d'une effrayante incrédulité. J'ai besoin d'é-claircir ces ténèbres qui environnent mon esprit inquiet. Vous avez tou-

jours prétendu que votre savoir ne
s'étendait pas au delà des bornes que
la nature a mises entre nous et un
autre monde : plus je vous ai connu,
plus j'ai été persuadé du contraire.
C'est malgré vous que j'ai découvert
votre habitation secrète, et que je
suis parvenu à y pénétrer. Tout ce
que j'y ai vu depuis hier, m'a con-
firmé dans mes soupçons. Jusqu'où
s'étend votre pouvoir surnaturel ?
C'est ce que j'ignore : mais c'est ce
qu'il faut aujourd'hui même que vous
me dévoiliez. — Seigneur, lui répondit Juan, c'est donc inutilement que
j'ai cherché à vous dissuader ! comment pouvez-vous croire ?..... — Je
crois, interrompit Savaldor, tout ce
que l'écriture nous enseigne. Je crois
aux anges déchus, à leur communi-
cation avec les hommes, dont l'église
prouve la certitude, puisqu'elle donne
le pouvoir de les exorciser, et de faire
cesser les possessions. Mais je crois

6 *

aussi qu'il y a, avec ces puissances
des ténèbres, des communications qui
nous sont avantageuses. Je crois, par
exemple, qu'on peut avoir par leur
moyen quelque connaissance de l'a-
venir, je crois que l'on peut obtenir
d'elles des richesses, de la puissance,
des plaisirs. Le tentateur n'offrit-il pas
tout cela au Seigneur lui-même, lorsqu'il se transporta sur la montagne ?
— Comment ! dit Juan, au comble de
la surprise : croyez-vous donc que je
puisse vous mettre en relation avec le
diable ? — Eh ! avec qui donc as-tu
toi-même des rapports, dit Salvador,
en roulant des yeux effrayans ! Tous
ces symboles magiques, ces instrumens inconnus, ne sont-ils pas autant de talismans ? Tu vas, si tu veux,
animer ces monstres immobiles, faire
parler ce squelette... J'ai, par hazard,
placé mes yeux au bout de ce long
tube... et j'ai vu avec surprise qu'il
renferme un mystère inexplicable.

C'est, sans doute, un de ces miroirs constellés, 'dans lesquels on voit les objets que l'on désire! j'y ai vu les bords de la mer qui, cependant, sont à plusieurs lieues d'ici ; j'ai vu un vaisseau ballotté par la tempête, et poussé sur les rochers, l'équipage a jeté à la mer des barques et des canots dont plusieurs ont bientôt disparu sous les flots en fureur ; je distinguais les traits des navigateurs ! Une femme a frappé ma vue, cette femme était Angéla. J'ai reconnu son port, sa taille, sa figure, elle se soutenait sur la mer agitée, à l'aide d'un mât brisé ; elle allait périr, j'allais m'élancer pour la sauver : mon illusion était complète... Hélas ! en ôtant l'œil de dessus ce miroir magique, je n'ai plus rien aperçu ; je me suis hâté d'y replacer ma vue en désirant savoir ce que devenait Angéla, mon désir a été satisfait aussitôt ; mais avec quel effroi j'ai considéré le reste de la scène ! Au moment où Angéla luttait en vain contre les flots prêts à l'ensevelir, un homme accourt sur le rivage, se jette à la mer, nage au milieu des vagues en couroux, saisit Angéla dans ses bras, la ramène à terre, et lui prodigue mille soins empressés!.. Mais, quel était cet homme ?...L'homme à deux têtes!... Le monstre qui me poursuit!... le fils de Maria. Je l'ai vu... Comme je ne vois plus maintenant dans ce tube enchanté que les vagues appaisées battant de leur flux et reflux monotone la plage solitaire.

Le télescope, dont l'invention récente était à peine connue de deux ou trois savans, était l'instrument merveilleux auquel Salvador attribuait une vertu magique, et on doit concevoir tout l'excès de son étonnement. Juan avait précisément placé la veille son télescope dans une petite meurtrière, dont il remplissait la capacité toute entière. Ce que Salvador avait vu était la vérité. Fernand Carlos, après une heure de marche, s'était trouvé au bord de la mer au moment où la tempête avait jeté sur la côte le sloop du capitaine Selder, et Angéla lui avait dû la vie; mais c'est ce que nous saurons plus en détail dans un des chapitres suivans. Occupons-nous maintenant de Salvador et de Juan Perèz. Celui-ci vit qu'il était tout-à-fait de son intérêt de ne pas perdre l'ascendant que le hasard lui donnait sur cet homme dangereux. « Eh bien! dit-il à Salvador, restez ici, et ne sortez pas du cercle que vous voyez tracé sur le sable : ma présence empêcherait le charme de produire son effet ; mais ne pensez pas qu'en une heure, en un jour, vous puissiez être préparé au grand mystère que vous prétendez connaître : préparez-vous-y par le jeûne, par la solitude absolue, et par la lecture de ce livre dans lequel vous trouverez décrites les cérémonies et les

pratiques qu'il vous faudra remplir.
Jamais les esprits n'ont consenti à se
servir d'un intermédiaire, c'est vous-
même qui devez les évoquer; et si
vous êtes dans la situation qui leur
convient, ils pourront vous répondre.
— Quoi! vous allez me quitter? — Il
le faut, vous dis-je; jamais sans cela
vous n'obtiendrez ce que vous désirez.
C'est l'esprit seul qui doit communiquer avec l'esprit. » Il sortit brusquement.

Juan avait de bonnes raisons pour
isoler Salvador. Il savait que l'homme
le plus courageux n'est plus le même
dans la solitude et dans l'obscurité;
que plus il mettrait d'obstacle à l'ac-
complissement de ses désirs, plus il
les irriterait, et qu'enfin s'il se déter-
minait à faire jouer quelques machi-
nes, il fallait qu'il en eût la liberté. Le
livre qu'il avait laissé entre les mains
de Salvador était un de ces ouvrages
absurdes et presqu'inintelligibles, com-

posés par les cabalistes et par les roses-
croix, dans lesquels on donne la re-
cette pour composer la pierre philo-
sophale, des paroles pour évoquer le
diable, telles que les conjurations du
pape Honorius (1), et mille folies plus
bizarres les unes que les autres. Sur
la première page était représenté un
grand dragon rouge, avec une tête de
lion, la gueule béante, des griffes acé-
rées, et une queue armée d'un dard.
Les pages suivantes étaient remplies
de caractères cabalistiques et de signes
d'alchymie, que Salvador ne comprit
nullement. Plus loin il trouva quelques chapitres écrits en latin barbare,
dont le sens était plus clair en apparence, mais dont il n'était pas facile
de tirer un résultat bien certain. Salvador parcourait ce livre avec une

---

(1) *Conjurationes adversùs principem te-
nebrarum et angelos ejus. Roma,* 1629.
Ouvrage très-rare. Le pape Honorius occupa
le saint-siége en 1216.

curiosité inquiète. Il y voyait des for-
mules d'évocations qui étaient toutes
précédées de conditions singulières et
de grands préparatifs par lesquels
l'adepte devait se mettre en état de
communiquer avec les esprits. La dis-
position de l'âme, la posture du corps,
l'état dans lequel il fallait se trouver,
l'heure, la minute précise étaient indiqués, ainsi que la situation dans laquelle il fallait que fût telle ou telle
planète en correspondance avec le
thème natal de l'individu. Salvador se
perdait dans les difficultés sans nombre
entassées à dessein dans cette œuvre
ténébreuse, lorsque ses yeux tombèrent sur un chapitre intitulé : « FOR-
» MULE AISÉE POUR ÉVOQUER UN
» ESPRIT SUBALTERNE. Il faudra pi-
» quer la veine de la main gauche
» avec un instrument d'acier, et écrire
» sur un morceau de parchemin le
» nom COSBI. On le prononcera trois
» fois, en se tournant chaque fois à

» l'est, à l'ouest et au nord. On fera
» trois génuflexions en se tournant de
» même vers les trois points indiqués :
» on crachera trois fois en l'air vers
» les mêmes points, et on appellera
» ensuite trois fois à voix haute COSBI !
» COSBI ! COSBI ! Toutefois, avant de
» faire ces cérémonies, il faut être à
» jeun, et que le soleil ait passé le
» point de midi. On allumera ensuite
» un cierge de cire brute ; on y brû-
» lera le parchemin sur lequel sera
» écrit le nom, et on dira à voix haute:
» *Cosbi, de même que tu brûles du*
» *feu de l'enfer que tu portes par-tout*
» *avec toi, je brûle ton nom pour te*
» *prouver que je ne te crains pas, et*
» *je brûle cette goutte de mon sang*
» *pour qu'elle te rafraîchisse un mo-*
» *ment dans le feu qui te tourmente.*
» *En reconnaissance, Cosbi, je t'é-*
» *voque et je t'ordonne de me répondre*
» *à trois questions.* Ici l'adepte fera
» trois questions, la première à l'est,

» la seconde à l'ouest, et la troisième
» au midi : il attendra trois minutes
» entre chaque question. L'esprit ne
» répondra qu'à celles auquel son rang
» inférieur lui permet de répondre. Il
» sera bon, par précaution, de tracer
» deux triangles enlacés qui sont la
» figure de l'anneau de Salomon, d'a-
» bord sur la terre avec sa langue, et
» sur son cœur avec le sang de la piqû-
» re, de peur que l'esprit n'abuse de sa
» puissance et ne maltraite celui qui
» l'invoque. Ce passage est extrait du
» propre manuscrit du docte FAUSTUS,
» qui l'a écrit de sa main en l'an 1503,
» à *Anhalt*, sur son exemplaire des
» clavicules de Salomon. »

Un pareil amas d'extravagances n'aurait dû exciter que la pitié d'un homme
instruit et raisonnable. Cependant Salvador relut deux fois ce passage. C'é-
tait celui qui lui paraissait le plus facile
à essayer, tous les autres indiquant des
formalités que son impatience repous-

sait. Ce n'était pourtant pas sans une
sorte de honte qu'il songeait à se sou-
mettre à ces ridicules et minutieuses
cérémonies. Je suis seul, se disait-il ;
personne ne verra ma faiblesse. Mais
on a en soi-même le plus redoutable
de tous les témoins, c'est sa conscience
qu'on ne peut fuir, et dont on vou-
drait en vain fermer l'œil et étouffer
la voix. Il fit donc, non sans rougir,
tout ce que prescrivait le docteur Faustus ; et quand il en fut aux trois questions, il fit la première d'une voix
tremblante, désirant et craignant d'entendre une réponse. « *Cosbi*, dit-il,
» *peux-tu m'aider dans une entre-*
» *prise?* » Il attendit avec incrédulité,
et se souriant ironiquement à lui-
même. Quelle fut sa surprise d'entendre à son oreille une voix distincte qui
lui répondit: OUI, SI C'EST POUR FAIRE
DU MAL. Il se retourna vivement, et
ne voyant personne, il s'écria invo-
lontairement : « *Où êtes-vous?* .... »

— Ici, répliqua la voix du côté de
l'ouest. Salvador songea qu'il n'avait
plus qu'une question à faire; il pensa
en même temps qu'il ne fallait mettre
que trois minutes d'intervalle entre
chaque demande. Son trouble extrême
l'empêchait de réunir ses idées; cependant celle qui le dominait s'échappa
malgré lui, et il s'écria avec l'accent
du doute et de l'irrésolution: *Angéla!*...
Au même instant la voix venant du
midi, et forte comme si la colère l'inspirait, lui répondit : Elle causera
ta perte!... Un souffle brûlant frappa
sa figure, comme s'il eût senti l'haleine
du démon qui lui répondait. Le livre
lui tomba des mains; une sueur froide
coula sur tout son corps, il se jeta sur
un siége. — L'ai-je bien entendu? dit-
il. Est-ce une réalité ou un jeu de
mon imagination? *Angéla causera ma
perte!* Mais si c'est un esprit de men-
songe qui m'a parlé, quelle confiance
dois-je avoir dans ses paroles! Il peut

m'aider pour faire du mal. Eh! malheureux, ai-je eu besoin de lui pour en faire jusqu'à présent! Dirai-je à Juan ce qui s'est passé? Il le sait peut-être déjà... Imprudent! je me suis fié à cet homme; et s'il me trahissait, s'il dévoilait mon secret!.... Ah! Salvador, Salvador, où te précipitent les passions! Angéla causera ma perte! Et, sans elle, que m'importe la vie! Mais elle n'est qu'à une lieue d'ici; elle est avec Fernand-Carlos! Que résoudre? que faire? Juan ne voudra m'aider en rien. Cet homme singulier, ce monstre que j'abhorre, m'a déjà échappé deux fois: il faut, cette fois-ci, mieux prendre mes mesures. Ne disons rien à Juan, retirons-nous, et demain, oui, dès demain, assurons-nous de notre proie.

C'était ainsi que, dans l'excès de son agitation, se parlait tout haut à lui-même. Juan Pérès, qui était placé dans une chambre inférieure, espèce de cave pratiquée sous la pièce où était Salvador, entendait tout, et le lecteur a déjà deviné que c'était lui qui avait répondu pour *Cosbi*, au moyen de tuyaux pratiqués secrètement dans les murs de la caverne. Il en sortit alors, et se doutant que Salvador allait sortir aussi et le chercher, il alla s'asseoir à une distance assez éloignée de la porte, et bientôt il vit en effet Salvador venir à lui, l'œil enflammé, la figure pâle, et respirant avec peine. Il se leva et s'avança au devant de lui, comme s'il ignorait tout ce qui s'était passé.

~~~~~~~~~~~~~~~~~~~~~~~~~~~~~~~~~~

CHAPITRE VIII.

Ne perdez point de temps , malheureux, sauvez-vous.
Fuyez , je vois venir les vagues en courroux.
Elles viennent. Déjà telle que le tonnerre
Leur masse impétueuse ébranle au loin la terre.
Ainsi que de leurs flots inondant nos sillons ,
Les bataillons pressés suivent les bataillons.
Ainsi , précipitant leur course vagabonde ,
La vague suit la vague et l'onde pousse l'onde.

DELILLE , *Trois Règnes de la Nature.*

Le capitaine Selder avait mis à la
voile , comme nous l'avons vu dans
un des chapitres précédens , par un
temps peu favorable : mais comme le
vent le secondait , il espérait être au
lieu du rendez-vous avant que l'o-
rage n'éclatât. Il faut savoir que le
capitaine Selder était dévoué aux
Flamands, et qu'il entretenait la correspondance entre les principaux
chefs de la ligue secrète , dont le but

était l'affranchissement des Pays-Bas,
la liberté de conscience, et l'abolis-
sement de l'inquisition. C'était un ancien ami de Manuel, et il s'était chargé
avec plaisir de le conduire à l'endroit
où devaient s'assembler les principaux
chefs de la conspiration, qui voulaient
agir tous de concert ; mais il avait à
prendre des dépêches qu'un messa-
ger devait lui remettre en main propre, dans un lieu isolé voisin de la
plage où était située la nouvelle habitation de Fernand-Carlos : et, au
même endroit, il devait avoir une en-
trevue avec un personnage mystérieux qu'il devait embarquer à son
bord, quoique l'équipage du capitaine
Selder lui fût entièrement dévoué,
personne ne savait quel était ce personnage pour lequel le capitaine faisait des démarches si hasardeuses.
Quelque-uns prétendaient que c'était
le prince d'Orange, Maurice de Nassau
lui-même, qui s'était rendu secrète-

ment en Espagne, et qui voulait re-
passer en Flandre. Cet illustre guer-
rier ne dédaignait pas, à la vérité,
les ruses de guerre, et aussi habile
dans le conseil qu'intrépide sur le
champ de bataille, il savait, quand cela
était utile, se charger des négociations
les plus secrètes, et se ménager par-
tout des intelligences. Il avait prévenu
tous ces partisans, qu'il préparait un
coup décisif pour l'affranchissement
des provinces unies, et il leur pro-
mettait d'affermir l'édifice de la liberté
fondé par son père. En effet, le terme de la puissance des Espagnols,
dans les provinces unies, approchait:
et les succès de l'armée des Confédé -
rés allaient commencer.

Philippe II, entraîné par son am-
bition démesurée, envoyait ses ar-
mées en France, dont il se regardait
déjà, dans ses rêves politiques,
comme le souverain; il avait accepté
le titre de protecteur de cette ligue,

si indignement nommée Sainte, qui
tendait à renverser le trône et à dé-
chirer l'état ; il était persuadé que
les soins des rebelles le placeraient,
lui, ou l'un de ses enfans, sur le trône
de France. Il se croyait si sûr de sa
proie, qu'en parlant des principales
villes de ce beau royaume il disait :
« Ma bonne ville de Paris, ma bonne
ville d'Orléans, tout comme s'il eût
parlé de Madrid et de Séville.

Les confédérés, profitant de cette
diversion, avaient ranimé leur courage, et Maurice, réunissant ou par
lui-même, ou par des émissaires fidèles, tous ceux qui pouvaient ap-
puyer son parti, et affaiblir celui de
ses ennemis, combinait en ce moment le grand projet que suivit bientôt un glorieux succès.

Le prince Maurice n'était point en
Espagne, et n'avait pas besoin du
vaisseau du capitaine Selder ; mais
celui qui allait s'y embarquer si mys-

térieusement, était également un Hollandais, dont le génie hardi préparait à ses compatriotes une nouvelle source de prospérités, et pour la
sûreté duquel le plus profond secret
était nécessaire. Le terrible orage, dont
nous avons déjà parlé, avait assailli le
petit sloop avant qu'il eût gagné un
attérage que connaissait le capitaine
Selder, et où il comptait se mettre en
sûreté ; c'était une petite baye abritée
au sud-ouest, par de hauts rochers, et
qui formait un petit port naturel, bien
connu des pêcheurs et des flibustiers.
Le vaisseau avait résisté long-temps à
la violence de la tempête, autant par
l'habileté de la manœuvre des excel-
lens marins qui le montaient, que
par sa structure en même temps so-
lide et légère; mais battu par les vents
furieux, privé de ses mâts et de ses
voiles, que l'ouragan avait brisés et dé-
chirés, il avait échoué sur un bas-fonds,
non loin de l'endroit où il se dirigeait,

personne de l'équipage n'avait péri ;
on avait à temps mis à la mer les barques, les canots, la chaloupe, et tout
le monde avait gagné la terre. Le
vaisseau pouvait même être remis en
mer promptement, au moyen de quelques réparations. Cependant Inès,
momentanément séparée de sa fille,
avait été entraînée dans la chaloupe,
à l'instant où chacun s'empressait de
quitter le navire prêt à échouer ; Angéla, effrayée de cette scène aussi
épouvantable que nouvelle pour
elle, errait sur le tillac, égarée, éper-
due, elle s'échappait des mains du
matelot qui voulait la placer dans un
canot, parce qu'elle n'y voyait ni sa
mère, ni Manuel. Les matelots, en
remplissant les différens canots, et
cherchant à sauver les passagers, ne
s'étaient point occupés de réunir ceux
qui se connaissaient, et qui allaient se
retrouver sur le bord voisin, où il espé-
raient débarquer. Angéla, troublée,

comme nous venons de le dire, ne
voyant plus sa mère, la demandait à
grands cris, le grossier matelot, au
lieu d'entrer en explication, voulait
la saisir: c'était du reste, un marin
hollandais qui parlait fort mal l'espagnol. Angéla perdit la tête tout-à-fait,
et se précipita dans les flots où elle
croyait que sa mère avait péri; cependant, ce sentiment naturel de sa
conservation, que tout le monde
éprouve quand il voit la mort de près,
l'avait portée à saisir un débris de
vergue qui la soutint sur l'eau, et
auquel elle s'attacha fortement. Fernand-Carlos, qui avait quitté la caverne mystérieuse de Juan Pérès,
étant arrivé sur les dunes, et ayant
vu le naufrage du vaisseau, s'était
élancé vers la mer pour porter du
secours à ceux qui pourraient en avoir
besoin : ce fut alors qu'il vit une
femme luttant contre les vagues, et
emportée loin des canots qui sau-

vaient le reste de l'équipage; se dé-
barrasser de son manteau, s'élancer
dans la mer, fut l'affaire d'un instant; il
nage avec vigueur, malgré l'agitation
des flots, atteint la vergue qui soutenait Angéla, saisit un bout de cable qui
y pendait, et regagne la terre en la tirant après lui: arrivé non sans peine,
au rivage, il prend dans ses bras la
femme qu'il n'avait pas encore re-
connue, ce fut au moment où il la
déposa sur un rocher couvert de
mousse, qu'il vit ses traits altérés par
la frayeur et par les efforts qu'elle
avait faits, et que les deux bouches
s'écrièrent à la fois: *Angéla!* Au
même instant, la jeune fille n'étant
plus soutenue par la nécessité de
lutter contre le danger, perdit ses
forces et s'évanouit. Fernand – Carlos
oublie le reste du monde, il ne songe
plus ni au vaisseau naufragé, ni à ceux
qui le montaient et qui peuvent avoir
besoin de secours, il reprend sur-le-

champ Angéla dans ses bras, et s'a-
chemine vers son habitation, où elle
pourra recevoir tous les secours dont
elle aura besoin. L'espace à parcourir
était de près d'un mille, les chemins
étaient difficiles et montueux ; rien
n'arrête l'ardeur de Fernand-Carlos,
ni la vivacité de sa course ; il empor-
tait un trésor, le cœur d'Angéla bat-
tait auprès du sien, à peine se repo-
sa-t-il deux ou trois fois pour prendre
haleine, après avoir gravi des sentiers
escarpés. Le même sentiment animait
alors les deux têtes, et trop de bonheur les occupait, pour que leur jalousie trouvât place dans cette pléni-
tude de pensées énivrantes. Avoir
sauvé Angéla, d'une mort presqu'iné-
vitable, la tenir en sa possession, lui
offrir un asile dans sa solitude, y
vivre avec elle et pour elle, c'était la
seule idée, la seule perspective de
Fernand-Carlos.

Aussitôt qu'il fut arrivé, il remit An-

géla entre les mains de la bonne Flora,
la petite Tonia accourut pour l'aider ;
on plaça la jeune naufragée dans un
lit bien chaud, on lui fit respirer quelques spiritueux, et bientôt elle reprit
tout-à-fait connaissance , son premier mot fut : « Où est ma mère ?......
— Je ne puis vous répondre , lui dit
Flora qui la reconnut : celui qui vous
a sauvée le sait peut-être.—Qui est-il ?
où suis-je?... je veux voir ma mère !—
Calmez-vous segnora, lui répondit la
bonne femme, on aura sans doute aussi
sauvé votre mère. — Je vous recon-
nais, lui dit alors Angéla, je vous ai
vue au château de Vargas, par quel
hasard vous trouvez-vous ici ? serais-
je encore chez cet homme mystérieux
à qui je dois de la reconnaissance,
car deux fois , déjà , il m'a sauvé
l'honneur, et cette fois il vient de me
sauver la vie !.... Singulière desti-
tinée ! quelle bisarre sympathie attache
donc à mon existence cette créature

extraordinaire ! — N'ayez point d'inquiétude, lui dit Flora : mais prenez
du repos, vous en avez besoin ; je
vais dire à mon maître que vous vous
trouvez mieux, le rassurer sur votre
état, et s'il le juge convenable, il vous
donnera des explications que mon
devoir et ma discrétion m'interdisent.
Tonia, ajouta-t-elle, restez auprès de
la segnora, et si elle a besoin de
quelque chose, vous viendrez bien
vite m'avertir ; la vieille sortit, et la
jeune fille prenant sa quenouille, se
mit à filer au pied du lit d'Angéla
qui, cédant bientôt à la fatigue et à
l'épuisement de ses forces, s'endormit
d'un profond sommeil.

Mais comment peindre l'affreux
combat qui déchirait en ce moment
le cœur de Fernand-Carlos ?. . . . . . .
Quelle plume pourrait rendre, dans
un langage connu des hommes, des
sensations jusqu'alors inouies ! Repré-
sentez-vous un être jaloux de lui-

7 *

même, éperdu de désirs qu'il ne peut satisfaire sans rendre son rival heureux. Ce n'est pas Tantale désirant l'onde rafraîchissante, qui s'échappe de ses lèvres en feu : c'est l'avare convoitant de l'œil un trésor qu'il perdra s'il en jouit. Un affreux silence règne entre les deux frères, leur poitrine agitée exhale de doubles soupirs. Ils ne peuvent se dissimuler l'un à l'autre, la puissante émotion qui les maîtrise ; déjà ils ont fait quelques pas vers la chambre où repose Angéla, tout-à-coup ils s'arrêtent, et Fernand rompant le silence, s'écrie *non ! tu ne la verras pas !* Il faut que je l'avoue ; je l'adore ! oui je connais l'amour, et l'amour escorté de toutes les fureurs de la jalousie. Carlos, tu es mon rival, je le sais, tu dissimulerais en vain tes sentimens ! passion funeste, mais invincible, tu fais mon ennemi de celui que la nature a fait un autre moimême....... Carlos, Carlos, dis-moi

que tu ne l'aime pas, que tu n'es pas
épris d'Angéla, je ne le croirai pas;
mais tu calmeras ma fureur jalouse,
comme un opium trompeur endort
les douleurs qu'il ne saurait guérir!
— J'ai pitié de toi, Fernand, lui répondit Carlos: non je ne te tromperai
pas; je ne te dirai pas que je suis insensible pour Angéla; mais je ferai
mieux, je vais te promettre un grand
effort, c'est de combattre ma passion,
de te sacrifier mon amour et le bonheur de toute ma vie; dès long-temps
je me suis préparé à ce cruel sacrifice.
Vois donc Angéla, parles lui; ni mes
lèvres, ni mes yeux ne me serviront
d'interprête auprès d'elle, je fermerai
l'oreille à tes discours et à ses répon-
ses; je m'isolerai de toi, autant que
les facultés de l'âme permettent à un
homme de se renfermer en soi-même!
es-tu content, mon frère? — L'admi-
ration fit expirer une réponse sur les
lèvres de Fernand. Enfin, il dit à

Carlos d'une voix entrecoupée : Es-tu
capable d'un tel excès de générosité ?
— Je l'essaierai, répondit Carlos : il
est bien commun et bien facile de
vanter la vertu, il est plus rare et plus
difficile de la pratiquer ; je veux, du
moins, essayer de me vaincre moi-
même, et j'aurai dans mon amour
fraternel un puissant auxiliaire.

Les résolutions généreuses sont les
plus subites. Presque jamais un trait
sublime n'est l'enfant de la réflexion.
L'homme fait donc plus facilement
le bien que le mal, puisqu'un crime
se médite, et qu'une action vertueuse
est rapide comme la pensée qui la
suggère.

Fernand fut touché jusqu'aux larmes de cette générosité. Mon frère,
mon ami, dit-il, tu te sacrifies donc à
mon bonheur : et moi, égoïste, j'ac-
cepte le sacrifice ; mais que ferai-je
à mon tour pour que tu sois heureux ?
— J'ai renoncé, répondit Carlos, à

toute félicité sur la terre. Il est un autre monde où l'on assure qu'elle se trouve pure et incorruptible : c'est là que j'attendrai des jours moins remplis d'amertume. Là, mon âme sera séparée de ces liens charnels qui attachent ma vie à une existence étrangère, et qui m'ont placé dans le plus cruel de tous les esclavages. Là, sans doute, il me sera permis d'aimer! Pardon, mon cher Fernand : je t'afflige ; mais ma seule consolation est d'exhaler ces regrets : je vais les renfermer, jusqu'à ce que l'heure de ton repos te rende insensible à mes plaintes. Hélas! à qui les confier? Dans quel sein les verser?... Mais, ô ciel! je pense à mes chagrins, et j'oublie qu'il est encore sur la terre, et non loin de ces lieux, un objet qui mérite tout mon amour, qui doit fixer toutes mes pensées! Se peut-il qu'elles en ait été distraites si long-temps! je me rappelle les paroles de Juan Perès.

Notre mère, a-t-il dit, est privée de
sa raison, et enfermée dans une maison où l'on prodigue à sa santé tous
les soins nécessaires. Tous les soins,
dit-il! mais les plus efficaces seraient
ceux qu'elle recevrait de son fils. Ses
paroles entrecoupées me le deman-
daient, quand je la vis à travers la
grille de sa prison! — Eh bien! Fernand, voilà le retour que je désire.
Faisons un partage qui nous satis-
fera tous deux. Notre mère ignore,
comme Angéla, notre singulière conformation : la découverte de ce phénomène lui serait fatale. Laisse-
moi jouir seul de l'entretien de ma
mère, abandonne-la moi comme
je t'abandonne Angéla. — Je suis
heureux, dit Fernand, de pouvoir
t'offrir une compensation digne de
ton cœur. Je puis donc aussi te
faire un sacrifice : eh bien! Carlos, il
est fait, tu peux y compter. — N'en
parlons plus, dit Carlos, et que cha-

cun de nous ait maintenant la liberté
de se concentrer dans ses pensées fa-
vorites.

Fernand se rendit à la porte de la
chambre où reposait Angéla, il allait
y entrer, lorsque Juan Perès arriva
tout essoufflé. Fernand, qui voulait
dérober à sa connaissance la présence d'Angéla dans son habitation,
s'arrêta et lui demanda ce qui l'ame-
nait. — Votre sûreté, répondit Juan,
et le besoin de réparer vos extravagances. — Que signifie ce langage ?
demanda Fernand. — Où est Angéla ?
demanda Juan. — Ciel ! vous savez !...
— Que vous l'avez sauvée du naufrage : mais que sa mère la pleure-
rait comme morte, si je n'avais pris
soin de l'instruire que sa fille existe
et qu'elle est ici. — Et de quel droit,
s'écria Fernand, venez-vous me la
ravir ? — De quel droit, jeune in-
sensé, l'avez-vous ravie à sa mère ?
Croyez-vous que mon expérience

laissera le champ libre à vos passions;
et, tandis qu'elles vous occupent entièrement, savez-vous quels dangers
vous menacent vous-même ? — Des
dangers ! je les braverai tous pour
Angéla. — Et si c'est elle qu'ils menacent plus particulièrement. Si je
vous apprenais que Salvador a découvert votre demeure, que ce n'est
plus lui seul que vous avez à craindre,
mais toute la puissance dont il est
environné. Trop heureux de lui avoir
échappé la première fois, n'espérez
pas que la seconde, il lâche sa proie
aussi facilement. Ce n'est pas demain
qu'il faut fuir, c'est aujourd'hui, c'est
à l'instant même. — La surprise fer-
mait la bouche à Fernand.—Comment
avez-vous pu savoir, dit-il enfin à
Juan, des détails aussi positifs, lorsque je croyais les avoir mis à l'abri de
la curiosité humaine? — Ne croyez
pas, reprit le vieillard, que l'on cache
ainsi ses actions; et quand on les dé-

roberait aux yeux de tous les hommes, il est un témoin céleste pour lequel il n'y a rien d'inaperçu. C'est lui qui m'a permis de voir le naufrage du vaisseau hollandais, de savoir qu'au milieu des désordres que la tempête avait jeté parmi les marins et les passagers, vous aviez, ainsi qu'un chasseur avide, saisi la proie que vous guettiez, sans songer aux tourmens, aux angoisses cruelles d'une mère qui a cru sa fille engloutie par les flots. — Ah! mon frère, s'écria Carlos, si nous avions songé à sa mère! — Fernand garda un silence farouche. — Nous vous remercions, continua Carlos, de nous avoir ouvert les yeux. Pardonnez à notre inexpérience, à notre isolement qui imprime à notre caractère quelque chose de sauvage. Où est-elle? où est cette mère désolée, que nous remettions sa fille dans ses bras! — Fernand fronçait le sourcil et semblait être en proie à un violent

T. III. 8

combat intérieur. — Vous ne voulez
pas, sans doute, dit alors Juan Perès,
vous montrer à ses yeux. Elle vient en
ce moment à votre habitation, avec
Manuel de Melsem, votre oncle :
c'est moi qui leur rendrai Angéla, et
qui vous excuserai auprès d'eux. Cependant, voyez Manuel, il pourra
vous être utile dans ce moment, et
vous donner des conseils. C'est un
homme de tête, et plus au courant des
affaires du monde et de la politique
que moi qui passe ma vie à étudier la
nature.

Croyez-moi, l'inimitié d'un hypo-
crite puissant est dangereuse. Peut-
être feriez-vous bien de mettre les
mers entre vous et lui. Manuel part,
en ce moment, pour les Indes-Orien-
tales : priez-le de vous faciliter le passage sur l'un des quatre vaisseaux qui
forment la petite flotte à laquelle va
se joindre le capitaine Selder. Il va
venir ; suivez ses avis, et songez que

vous serez par-tout plus en sûreté que dans le voisinage de San Lucar. Je vous laisse réfléchir , dans une heure je viendrai savoir votre réponse. — Manuel part pour les Indes, dit Fernand à Carlos , sans doute il y conduit Angéla : nous avons de l'or et des pierreries ; partons : mais qu'il ignore sur-tout que nous suivons sa trace.

CHAPITRE IX.

Semblables à ces pirates avanturiers, ren-
fermés et entassés dans un étroit bâtiment,
vivant en barbares sur le vaste sein de l'océan,
ne connaissant de notre sol que le bord de
quelques rivages où ils prennent terre quelquefois pour exercer le brigandage, nous n'ap-
percevons que les parties arides de l'existence
humaine.

SCHILLER, *les Piccolomini.*

Lorsque Manuel et Inès arrivèrent
à l'habitation de Fernand, ils furent
reçus par la vieille Flora qui les conduisit aussitôt à la chambre où reposait Angéla. Le bruit qu'ils firent en
entrant, réveilla la jeune fille qui jeta
un cri en apercevant sa mère. Manuel
les laissant jouir du plaisir qu'elles
avaient à se retrouver, après avoir
mutuellement pleuré leur perte, demanda où était Fernand-Carlos ; et

apprit avec surprise qu'il était absent, et même que l'on ne croyait pas que son retour fût prochain. Il fit tous ses efforts pour apprendre de la vieille, de quel côté il avait dirigé ses pas. En ce moment Enrique arriva, et, sans faire attention à Manuel, il dit à sa femme. — Ç'en est fait, ma pauvre Flora ! Nous ne reverrons plus notre jeune maître. — Quoi, s'écria la bonne femme, lui serait-il arrivé quelque malheur ? — Pas encore, reprit Enrique; mais il va chercher sa perte, en s'embarquant sur les vaisseaux de ces hérétiques de Hollandais !

Manuel comprit sur-le-champ que Fernand-Carlos ne lui avait abandonné Angéla, que pour la suivre secrètement sur mer, et pour s'en emparer plus facilement, lorsqu'ils seraient dans des pays lointains et à demi-sauvages, et sur-tout à l'abri des persécutions de Salvador. Aussi prompt à concevoir une idée qu'à

l'exécuter, il changea sur-le-champ
de projet, et courut précipitamment
trouver Inès et Angéla. Je vous
avais proposé, leur dit-il, de venir
avec moi tenter la fortune dans un
monde éloigné de celui-ci, où j'espé-
rais vous mettre à couvert des poursuites dangereuses dont Angéla est
l'objet ; mais j'apprends à l'instant
que vous n'y seriez pas plus en sûreté
qu'ici. Il vous est indifférent de vo-
guer vers les Indes, ou de vous embarquer pour les Pays-Bas, pourvu
que je vous assure le repos et la tran-
quillité du reste de vos jours; laissons
donc partir le vaisseau de Selder : aussi bien y aurait-il pour des femmes
trop de dangers à courir dans des pa-
rages presqu'inconnus, où ces braves
avanturiers vont chercher un chemin
nouveau pour aller aux Indes-Orien-
tales. Reprenons notre premier dessein. Allons à Flessingue d'où nous
seront à même de nous diriger vers

telle ville du Brabant qu'il nous con-
viendra. J'y ai conservé des amis ;
ma présence ne leur sera pas inutile
dans ce moment de révolution, je
leur porterai d'ici des instructions im-
portantes sur l'état présent de l'Espagne. Tout se réunit donc pour vous
assurer que nous y serons bien ac-
cueillis. Angéla et sa mère n'avaient
nulle objection à faire à Manuel, en
qui elles se confiaient entièrement,
elles le suivirent donc jusqu'au hameau voisin qui était situé sur le
bord de la mer, non loin de la baie
ou le sloop du capitaine Selder allait rejoindre les trois autres vaisseaux
destinés à l'expédition des Indes. Ar-
rivés à ce hameau composé de huit ou
dix cabanes habitées par des pêcheurs,
Manuel fit entrer les deux femmes
dans une chaumière, les recom-
manda à la propriétaire de cette mo-
deste habitation, et les quitta pour
aller prévenir le capitaine Selder de
son changement de projet.

Fernand-Carlos avait fait traiter de son passage par Enrique, sous un nom supposé, et il ne devait se rendre à bord qu'à l'approche de la nuit, pour échapper, autant que possible, aux regards des matelots qui, du reste, sont fort peu curieux de voir la figure des passagers. Cependant il n'était guère possible qu'il restât inconnu sur un vaisseau où les places sont comptées, et où chaque voyageur remplit exactement l'espace qui lui est accordé. Le capitaine ne laisse entrer personne à son bord sans savoir qui il reçoit; et cette précaution était encore plus nécessaire dans un moment où il s'agissait d'une expédition lointaine, et d'un projet qui tendait à enlever aux Portugais le commerce des Indes.

Le roi d'Espagne ayant subjugué le Portugal, et interdit aux Hollandais l'entrée de ses ports; ces peuples avaient pris le parti d'aller eux-mêmes à la source des richesses de l'Espagne et du Portugal, et de fonder

un commerce immédiat, et plus lu-
cratif dans ces riches contrées. Dans
cet état de choses, la Hollande chercha des armes et de l'appui par-tout
où elle put en espérer. Elle donna
des asiles aux pirates de toutes les na-
tions, dans le dessein de s'en servir
contre les Espagnols ; et ce fut là le
fondement de sa puissance maritime. Le captaine Selder était un de ces
hommes hardis et entreprenans; il s'é-
tait dévoué aux confédérés dans l'espoir de faire une grande fortune; son
petit sloop voguait sous tous les pa-
villons, s'exposait à tous les dangers ;
son équipage était intrépide ; et il était
tellement connu pour avoir échappé
aux périls les plus évidens, que beaucoup de marins, gens en général superstitieux, étaient persuadés que
Selder avait fait un pacte avec le diable. Son équipage même n'était pas
éloigné de cette croyance, et Selder
la lui laissait, persuadé qu'elle ne

pouvait qu'ajouter à la confiance et
au dévouement de ses matelots.

L'ouragan qui avait duré une partie de la nuit précédente, et qui avait
fait échouer *le diable*, car c'était le
sobriquet par lequel on connaissait
le *sloop* du capitaine Selder, l'ouragan, dis-je, était apaisé. On avait
travaillé avec activité à rétablir ce
que la tempête avait brisé, et il avait
fallu moins de temps qu'on ne l'avait
cru d'abord. Le capitaine comptait
donc se remettre en mer la nuit même, et il n'attendait plus que celui
qu'il était venu, avec tant de risques,
chercher sur cette côte.

Cet homme était un simple négo-
ciant hollandais; mais il était né avec
une de ces imaginations vives, qui
s'élancent hors de la sphère dans laquelle le hasard les a fait naître. Après
avoir appris les élémens du commerce
chez un marchand d'Amsterdam, il
sollicita la permission de voyager pour

sa maison. Bientôt il travailla pour son propre compte, étendit ses relations, frêta un navire, et s'appliqua autant à la navigation qu'au commerce. Ses entreprises étant trop hardies ne réussirent pas toutes ; il contracta des dettes, essuya des pertes, et, après s'être vu en espoir l'un des plus riches négocians des Pays-Bas, il se trouva poursuivi par ceux qui lui avaient confié des fonds; il se réfugia en Portugal où il espérait trouver des spéculateurs qui seraient bien aise d'employer un homme aussi entreprenant que lui; mais au lieu de protecteurs il rencontra des ennemis, il fut dénoncé comme un espion des confédérés, et jeté dans les prisons de Lisbonne. Il semble que la captivité réveille l'esprit : il s'élance hors de la sphère étroite où le corps est confiné, et le repos physique double l'activité morale.

L'ombre des cachots a, de tout temps,

été favorable au génie, et leurs murs ont reçu les brillantes esquisses de *Stella*, les lignes mathématiques tracées par *Galilée*, et les sublimes inspirations du *Tasse* (1).

Corneille Hourman rêvait, pour vengeance, l'agrandissement du commerce de sa patrie et la ruine de celui des Portugais. Ses regards se portaient vers les Indes dont ses persécuteurs étaient les maîtres, et il jouissait en espoir du plaisir de les en déposséder. C'est ainsi que la passion d'un seul homme peut souvent changer le destin d'un peuple puissant, et, par contre-coup, celui de l'univers. Hourman fit dire aux négocians d'Amsterdam, que s'ils voulaient le tirer de prison, il leur communiquerait un

---

(1) Ajoutons que Voltaire a commencé la Henriade à la Bastille; que Diderot a conçu le plan de l'Encyclopédie, au donjon de Vincennes, etc., etc.

grand nombre de découvertes qu'il
avait faites et qui pourraient leur être
utiles. Il s'était, en effet, instruit dans
.e plus grand détail, et de la route qui
menait aux Indes, et de la manière
dont s'y faisait le commerce. On accepta ses propositions, on paya ses
dettes ; mais cela n'était pas suffisant
pour le tirer des prisons de Lisbonne.
L'or est un talisman qui manque ra-
rement son effet, on gagna le geolier
qui se décida, pour une forte somme,
à fuir avec son prisonnier. Une barque les conduisit à l'embouchure du
Tage, où croisait un petit bâtiment
qui s'était chargé de le transporter
jusqu'au golfe de Cadix ; là, le capitaine Selder devait se trouver avec
quatre autres vaisseaux, et lui donner
le commandement de cette petite flotte.
Tel était le mystère qui enveloppait
cette expédition. On sait qu'elle réus-
sit complètement, et que Philippe II

croyant affaiblir les Hollandais en leur interdisant ses ports, les rendit au contraire plus redoutables.

Fernand-Carlos attendant la nuit avec impatience, se promenait sur les dunes escarpées qui bordaient le rivage. Il voyait de loin plusieurs vaisseaux sur lesquels on semblait agir avec beaucoup d'activité. Il s'inquiétait de la manière dont il se présenterait à bord pour y être inconnu, lorsqu'un incident vint lui en offrir le moyen. Un homme portant un costume de marin, et ne paraissant être ni un officier supérieur, ni un simple matelot, marchait le long de la plage, et semblait examiner la côte avec attention. Un autre homme venant du côté du hameau voisin, l'aborda et sembla lui parler avec mystère. Fernand-Carlos ne put méconnaître Manuel. Il était trop éloigné pour entendre; mais il chercha à deviner par les ges-

tes ce qu'ils se disaient. Le marin paraissait témoigner de la surprise. Manuel semblait s'excuser: enfin , après
quelques minutes de conversation,
Manuel tira de sa poche de l'argent
qu'il mit dans la main du marin , et
qui parut trancher tout difficulté, car
le marin le serra d'un air joyeux, et
Manuel le quittant d'un air satisfait,
retourna du côté d'où il était venu.
Puisque l'argent a du pouvoir sur cet
homme, dit Fernand, je suis sûr de
mon fait. Il descendit rapidement sur
la plage et gagna le chemin que sui-
vait le marin. Déjà le jour baissait ,
et les objets moins distincts se con-
fondaient dans la teinte bleuâtre du
crépuscule, lorsque Fernand aborda
cet homme. — Ami, lui dit-il , faites-
vous partie de l'équipage du capitaine
Selder ?—Je fais partie de l'expédition qu'il commande, répondit le marin, et je suis contre-maître non sur son

vaisseau, mais sur la *Tempête*, jolie frégate qui vaut bien *le diable*; si vous la
connaissiez vous seriez de mon avis.
C'est une fine voilière, cela glisse sur
l'eau comme une hirondelle, une mâ-
ture superbe, presque pas de fond, et
légère! on vous manœuvre cela comme
une barque pêcheuse.— Je n'en doute
pas, reprit Fernand, et il ne tient qu'à
vous que j'en aie la preuve. — Seriez-
vous des nôtres, répondit le marin?
Donnez-moi le mot de passe. — Le
voici, dit Fernand en tirant une bourse, et la lui mettant dans la main. Manuel s'en est servi, et il doit me réus-
sir aussi-bien qu'à lui. — Vous connaissez Manuel, dit le marin surpris,
en mettant toutefois la bourse dans sa
ceinture. — C'est mon ami, répondit
Fernand, et si son nom peut me re-
commander près de vous ?... —
« Laissez-moi refléchir dit alors le ma-
» rin. Notre ami Manuel, se dit-il à

» lui-même, vient de changer d'avis
» pour son départ. Il m'a confié que
» les femmes qu'il avait avec lui en
» étaient la cause. Ce jeune homme
» est un amoureux qui les poursuit,
» cela est certain. Il est riche et géné-
» reux, si j'en juge par son présent: en
» l'embarquant je l'oblige, j'oblige
» notre ami Manuel qui veut se dé-
» barrasser de lui. Je puis lui louer
» ma cabane, attendu que je dors
» aussi bien sur le tillac où sur l'af-
» fut d'un canon que sur la meilleure
» botte de paille ; ou mieux encore,
» je puis le mettre à fond de cale, et
» comme notre expédition est un peu
» chanceuse, je m'assure d'avance
» une bonne part de prise. » Ces réflexions faites, le marin dit à Fernand : — Vous me jurez sur l'honneur que vous n'avez pas de mauvaise intention contre nous, que vous
suivrez la fortune *du diable* et de la

8.*

tempête. — Oui, répondit Fernand.
— Suivez-moi donc lui dit le marin,
et donnez toute votre confiance à Judas Varech, vous ne vous en repenti-
rez pas. — Mon frère, murmura tout
bas, Carlos, je me défie de cet homme. — Le sort en est jeté, répondit
Fernand ; je veux suivre Angéla fut-
ce à l'extrémité du monde. Puis s'a-
dressant à Judas Varech, il lui dit,
convenons de nos faits. Où me cache-
rez-vous sur votre vaisseau ? J'ai
des raisons pour ne pas être vu de
tout le monde. — Soyez tranquille,
répondit le pirate: Je vous cacherai
où vous ne serez vu de personne. —
Mon frère, dit encore Carlos, j'ai des
pressentimens terribles ! — Faiblesse !
reprit Fernand, impose silence à tes
vaines terreurs. — A qui diable en a-
t-il, se dit Judas Varech ; il se parle
et se répond tout seul comme un fou.
Allons, dit-il à Fernand, le jour est

assez bas pour favoriser notre expédition mystérieuse. Suivez-moi, de la
prudence , et sur-tout du silence ;
nous allons monter à l'abordage comme si nous voulions surprendre un
vaisseau ennemi. En quelques minutes ils arrivèrent à un endroit escarpé
duquel on descendait sur le rivage par
un sentier rapide; ils descendirent
avec précaution et trouvèrent une
petite barque amarrée sous un rocher.
Varech y fit entrer Fernand-Carlos,
s'y jeta après lui, et, saisissant les ra-
mes, fendit l'onde d'un bras nerveux.
La barque semblait voler , elle arriva bientôt sous la poupe de la frégate.
Le bruit que faisaient les vagues en
battant la quille du bâtiment , empêchait d'entendre celui de la barque.
La voix aurait encore moins pu
parvenir à ceux qui étaient dans le
vaisseau ; mais Varech donna un
coup de sifflet, auquel répondit un cri

prolongé qui se perdit bientôt dans
le mugissement sourd de la mer et du
vent. On lui jeta du vaisseau un cordage qu'il saisit. Si vous êtes leste,
dit-il à Fernand-Carlos, ceci vous
servira d'échelle. Le matelot de quart
qui me l'a jeté est un homme discret,
il ne vous regardera seulement pas.

Fernand-Carlos, souple, nerveux
et habile à tous les exercices du corps,
se suspendit au cordage, et monta
comme le meilleur mousse, suivi de
Varech qui fut sur le tillac aussitôt
que lui. Ouvrir une *écoutille*, y faire
descendre Fernand-Carlos et s'élancer
après lui, fut l'affaire d'un instant.
Une seconde trappe s'ouvre sous leurs
pas. — Descendez encore, dit Varech :
vous voilà à fond de cale; je ne puis
mieux vous cacher; je reviendrai bientôt; pour le moment, il faut que j'aille
où mon service m'appelle. Il ferma la
trappe et disparut. Fernand-Carlos se

trouva dans une obscurité complète ;
et resta quelque temps immobile de
surprise. Au bout de quelques instans,
revenant à lui-même , il essaya de
faire quelques pas , porta ses mains
autour de lui , et sentit qu'il était entouré de ballots , de tonneaux et de
gros morceaux de bois. Il n'osait avancer , de peur de se blesser ; il s'assit
sur une caisse , et chacune des deux
têtes commença à réfléchir sur une
situation qui n'offrait rien de rassu-
rant. Des gémissemens étouffés qui se
faisaient entendre de temps en temps ,
augmentaient leur inquiétude, en leur
donnant lieu de croire qu'ils n'étaient
pas seuls, et qu'on les avait jetés dans
une espèce de prison.

FIN DU TROISIÈME VOLUME.

TABLE DES CHAPITRES

DU TROISIÈME VOLUME.

FIN DE LA TABLE DU TROISIÈME VOLUME.

www.ingramcontent.com/pod-product-compliance
Lightning Source LLC
Chambersburg PA
CBHW051832020726
47502CB00005B/1749